우리는 다시 먼바다로 나갈 수 있을까

우리는 다시

이주영 지음)

,,,,, 먼바다로

,,,,,,,,, 나갈 수 있을까

오늘산책

차
례

2

강 중류의 의사들

3

결정적 장면

✳   '세상이 이렇게 밝은 것은, 즐거운 노래로
가득 찬 것은 집집마다 어린 해가 자라고 있기 때문'이라는 노
랫말의 오래된 동요가 있습니다. 만약 아이들이 사라진다면 이
세상은 낮도 밤일 테고 더 이상 노랫소리마저 들리지 않을 거
라면서도 노래는 여전히 밝게 끝납니다. 왜냐하면, 아마도 그럴
리는 없을 테니까요.

그 노래를 증명이라도 하듯, 저의 삶은 아이들이 있어 햇살 좋
은 낮처럼 내내 환했습니다. 첫 아들을 낳고 저는 엄마가 되었
습니다. 딸을 낳던 해에 소아청소년과 전문의라는 역할로 세상
에 새롭게 태어났고, 막내아들을 낳은 뒤 지금까지 소아응급실
에 머무는 의사로 살고 있습니다. 매일 수많은 아이들에게 둘러

싸여 쉴 새 없이 웃고 떠드는 저의 하루하루는 축복과도 같았습니다.

그런데 언제부터인가 내 아이들을 둘러싼 이곳이, 무엇보다 든든해야 할 의료가 모래성처럼 무너지는 모습을 보았습니다. 노래다운 노래가, 교육다운 교육이, 아이들을 안전히 지켜주어야 할 환경이 하나둘 속절없이 스러져가는 걸 보면서, 우리 아이들의 미래가 마치 길이 흐려지려는 어두운 숲속처럼 막막하게 느껴지기도 했습니다.

제가 머무는 소아응급실은 아이들과 부모님의 가장 극적인 순간이, 날 것 그대로의 삶이 펼쳐지는 곳입니다. 근무하는 날이면, 답답해 울화통이 치밀던 사건과 속상한 마음에 눈물이 흐르던 사연들, 오랜만의 기쁨과 안도가 반갑던 순간의 이야기가 하나씩 쌓여갔습니다. 그래서 퇴근길마다 짧은 당직 일지를 썼고, 이 글들을 소셜 네트워크에 공개했을 때 많은 분들이 함께 안타까워하고 기뻐하고 같은 마음으로 걱정해주셨습니다. 그분들의 목소리는 제게 참으로 큰 용기와 위로를 주었습니다.

그러나 이 이야기들이 세상에 나오기까지는 많은 고민과 반성이 필요했습니다. 이 모든 사연의 주인공은 제가 아니라 아이들이며, 제가 받은 공감과 격려는 사실 그 아이들을 온마음으로 돌보는 부모님들께 가야 했습니다.

아이들을 키워가는 이야기도 마찬가지였습니다. 여전히 무수히 많은 시행착오와 후회의 길 위에서 위태위태하게 매일을 보내고 또 자책하는 주제에 내가 뭐라고 다른 사람들에게 이렇게 합시다, 말할 수 있을까…. 차마 나의 소리를 세상에 내어놓기 부끄러운 마음도 들었습니다. 그리고 그 마음은 지금도 여전합니다. 앞으로는 더 그럴지도 모르겠어요.

그러나 하루가 다르게 왜곡되고 망가져가는 아이들의 환경과 우리나라 소아 의료의 현실을 보며 우리 사이에 필요한 것은 어쩌면 완벽한 제언이 아니라 손 마주 잡고 이해를 구하는 일인지도 모르겠구나, 함께 해보자는 불완전한 호소인지도 모르겠구나, 라는 생각이 들었습니다. 그래서 이렇게 용기 내어 저의 미흡한 첫 이야기를 세상에 내보이게 되었습니다.

개인정보의 흔적을 최대한 지우려 애썼지만 혹시나 놓친 것이 있어 누군가에게라도 상처를 주게 되지는 않을까 염려스럽습니다. 다만 의사가 곱씹는 환자에 대한 기억은 언제나 애정이고 응원이니 혹여 부족한 부분이 있다면 부디 너그러운 마음으로 이해해주시기를 바랍니다.

모두의 상황과 형편이 다를진대 설익은 저의 말들이 오해를 부르거나 현직에 계신 의사 선생님들, 혹은 최선을 다해 아이를 키우고 계시는 부모님들께 누가 되지는 않을지 그 또한 걱정스럽습니다. 저는 의사인 동시에 엄마이고, 동료인 동시에 환자이니 어느 쪽의 질책도 감사하는 마음으로 겸허히 듣겠습니다.

다만 우리는 한 팀이라는 것,
의사와 환자는, 육아하는 부모들은, 아이들 곁에 선 우리 어른들은 언제나 같은 편이라는 것을 믿고 마음을 모아주시길 간절히 바랍니다.
우리는 아이들의 길을 밝히고, 아이들은 우리를 비추고…. 그러면 어두운 밤도 노랫소리가 울려퍼지는 낮이 될 테니까요.

2023년 11월

이주영

1

아주 보통의 육아

새벽 두 시의 ——————— 공동 육아

*　　　　　　　　엄마가 잠들었다.

　모처럼 환자가 많지 않은 날이었기에 바로 옆 비어 있는 침상에 누워 편히 주무셔도 된다고 했지만 엄마는 아이 곁에 웅크린 채 새우잠을 잘 뿐이었다. 모니터는 깜박깜박 점멸하며 비슷한 수치들 사이를 오르내렸고, 아이는 이제 집에 가도 될 정도로 안정된 듯 보였다.

　깨울까 말까 고민하는 사이에 엄마가 가늘게 눈을 떴다. 언제 가시는 게 편하겠느냐고 조용히 물으니, 집에 아빠가 자고 있어 데리러 오라 하기 어려운 상황이라며 조금 더 있다 가도 되겠느냐고 했다.

"그럼요. 마침 오늘은 조용하네요. 좀 더 주무세요."

아픈 아이를 데리고 하루 온종일 씨름하느라 지칠 대로 지친 엄마는 몇 초도 지나지 않아 다시 잠에 빠져들었다.

다섯 걸음쯤 걸어 나와 큰 유리문을 닫는 순간 아이가 뒤척이는 게 보였다. 그러자 덮고 있던 애착 이불이 헤쳐지며 아이의 동그란 배가 드러났다. 나는 다시 유리문을 열고 조심조심 들어가 윗옷을 내려 아이의 배를 덮어주고, 애착 이불이 풀리지 않도록 몸을 반쯤 감아주었다. 엄마 팔과 겹치지 않게 아이의 팔을 빼준 뒤 3초쯤 함께 잠든 아기와 엄마를 바라보았다. 간호사실에는 지금 새로 온 환자가 없고 아이도 괜찮으니 잠시만 불을 꺼달라고 부탁했다. 간호사들은 조용히 일어나 몇 명의 아이들을 살피고, 모니터와 수액 연결 상태를 한 번 더 확인한 뒤 몇 군데의 불을 꺼 조도를 맞추어주었다.

아빠는 아이에게 젖병을 물리는 게 서툴러 보였다.

아빠는 야간 근무가 많아 평소 육아에 참여하기가 쉽지 않았다며, 큰아이도 열이 나는 데다 아이 엄마는 운전을 할 줄 몰라 자신이 아기를 데려왔다고 했다. 수액을 맞으려면 앞으로도 몇 시간이 더 걸릴 테니 지금 분유를 먹여야 하는데 아이가 보채고 젖병을 밀어내기만 한다며 어쩔 줄 몰라 했다.

베테랑 간호사가 아이를 받아안았다. 아직 자신의 아이를 키워본 적은 없지만, 이미 수없이 많은 아기를 안아 젖병을 물리고 때로는 속싸개를 다시 말아주며 신생아 보육에는 도가 튼 그녀였다. 간호사의 공식 업무가 아닌 일도 그녀는 흔쾌히 감당하곤 했다.

아기는 간호사의 품에서 분유를 충분히 먹은 뒤 곧 잠들었다. 아빠 또한 일터와 응급실에서의 피로가 한꺼번에 덮친 듯 이내 코를 골기 시작했다. 아빠와 아기는 똑같은 얼굴로 입술을 약간 벌린 채 단잠에 빠졌고, 우리는 "와, 2번방 아빠랑 아기는 진짜 똑같이 생겼네요!" 하며 아빠까지 몰래 한 세트로 귀여워했다.

소아응급실의 많은 장면 중 가장 귀한 것은 단연 곤히 잠든 아이와 부모님의 모습이다.

고요한 새벽 두 시, 사랑하는 사람들이 서로를 아끼며 돌보는 아름다운 장면이 내 앞에 드라마처럼 펼쳐진다. 그 모습은 문득문득 무뎌지는 나의 눈과 심장을 움켜쥐고, 가족이 주는 충만함과 행복이 무엇인지, 저들이 서로에게 얼마나 소중한 단 하나의 존재인지를 머릿속에 쏟아붓듯 가르쳐준다.

대충 섞어놔도 다시 찾아줄 수 있을 정도로 서로 꼭 닮은 부모와 아이들의 얼굴을 가만 보고 있노라면 집에서 잠들어 있을 나의 아이들도 생각나고, 나 대신 아이들을 돌보고 계실 부모님과 남편 생각도 나고, 그 모든 익숙함이 새롭게 너무나 감사한 순간들.

그래서 우리는 매일 밤 함께 육아한다.

불을 켜두는 것이 덜 불안할지 불을 끄고 좀 재우는 게 나을지, 에어컨 바람에 춥지는 않을지, 이불이 더 필요하지는 않을지, 아이 곁을 지키느라 밥때를 건너뛰었을 것이 분명한 부모님이 배가 고프지는 않을지, 집에 혼자 있다는 5학년 누나는 괜찮을지…. 행여 아이들이 깰까 목소리를 낮춰 소곤소곤 사소한 걱정을 나누는 밤. 그건 일이라기보다 우리끼리 몰래 누리는 사랑스러움의 시간이었다. 모두의 엄마라도 된 양, 잠들어 있는 아이와 가족을 위해 마음 한 조각을 초콜릿처럼 떼어 침대 곳곳에 숨겨두는 우리만의 놀이. 내가 우리 간호사 선생님들을 특별히 사랑하고 존중하는 가장 큰 이유.

매일 밤, 아무도 눈치채지 못하는 백의의 천사들의 손길이 깃털처럼 소아응급실에 나부낀다.

안개바다 위의 ──────── 방랑자

✶　　　　　　　아이는 오래 앓았다.

햇살이 잘 들고 저 멀리는 공원도 보이는 작은 방을 지키고
앉아 책을 읽고, 밥을 먹고, 잠을 잤다.

아이는 잘 웃지 않았다.

점차 적응해가며 장난도 잘 치던 다른 아이들과 달리 회진을
가도, 복도에서 마주쳐도, 먼저 인사를 걸어도, 이제는 익숙할
법도 한 의료진에게 한 번 웃어주지를 않았다.

엄마는 어린 아들의 오랜 항암 치료에 반쯤은 전문가가 되어
있었다. 다음 치료는 언제쯤 할지, 약에 대한 아이 몸의 반응은
어떨지, 그럼 의료진은 뭐라고 말하고 또 무얼 조심시킬지 이미

다 아는 아이 엄마는 탕비실이나 간호사실에서 커피를 홀짝이던 어린 주치의에게 항상 정중한 말로 안부를 묻곤 했다.

"선생님은 안 힘드세요?"

반듯한 이마와 늘 단정하게 묶은 중단발의 뒷모습을 보며, 아이가 건강했다면 그의 삶은 어땠을까 하는 안타까운 마음이 몇 번인가 들기도 했다.

주말이면 아이 아빠가 찾아왔다. 아이 대신 병실 침대를 차지하고 누워 있는 아빠의 모습에 회진 간 의사들은 종종 깜짝 놀랐다. 그러나 정작 그는 아무렇지도 않은 듯 부스스 일어나 인사도 없이 병실 밖으로 나가곤 했다. 사방으로 뻗치고 눌린 머리카락에 눈조차 제대로 뜨지 못한 채.

"아, 엄마는 참 괜찮은데 아빠는 왜 맨날 저 모양이야?"

아직 세상이 쉽던 20대 젊은 주치의들은 환자 이야기를 할 때마다 아이의 아빠를 도마 위에 올렸다.

아이는 매일 아침 눈을 뜨고, 밥을 먹고, 검사를 하고, 주사약을 맞고, 게임을 하고, 텔레비전을 보고, 코피를 쏟고, 구토를 하고, 산책하고, 동생과 장난을 치고, 늘 비슷한 시간 잠자리에 들었다. 아이 엄마는 바뀐 계절에도 똑같이 종아리를 덮는 길이의 얌전한 치마를 입었고, 아이 아빠는 옷차림이 몇 번쯤 바꿨었나, 아무튼 여지없이 아이의 침대를 차지하고 있었다.

　여름이 지나고 있었다.

　강가의 바람은 시원해지고 산책길의 나뭇잎도 누릇누릇 빛이 바래갔지만, 아직 아침 햇살은 눈부시고 한낮의 태양은 여전히 뜨거워 병원 안에서만 지내는 사람들에게는 여름도 가을도 아니던 계절, 아이가 큰 한숨을 쉬더니 이내 눈의 초점을 잃었다. 매 고비가 힘겹고 초조했을지언정 몇 번이나 함께 넘겼기에 병동의 모든 의사가 달려들어 할 수 있는 모든 걸 했지만, 이번에는 아이의 호흡이 그보다 빨리 달아났다.

　돌아오지 않겠다는 게 느껴지는 순간이 있다.

　아이를 오래 지켜본 의사들은 그 순간을 동시에 느낀다. 상한 아이의 몸이 더 이상 다치지 않고, 영원히 아쉬울 부모의 마음도 다치지 않을 정도의 초라한 심폐소생술. 세상에서 가장 슬픈 시간은 특별히 더 천천히 흐른다. 누군가는 비현실적으로 빠르게 움직이고, 또 누군가의 눈에 비친 풍경은 비현실적으로 느리며, 이 세상 것이 아닌 듯한 오열과 거짓말 같은 고요가 공존하는 순간.

　그 순간 나는 처음으로 아빠의 또렷한 눈빛을 보았다.

그는 침대 난간에 매달려 오열하는 아내의 허리를 한 손으로 간신히 붙잡으며, 다른 한 손으로는 아이 외할머니에게 전화를 걸고 있었다.

"장모님, 지금 바로 좀 와주세요. ○○이가 갈 것 같아요."

절박하고도 담담하던 목소리와 눈빛.

엄마의 오열보다, 아이의 마지막 숨결보다 어쩌면 더 극적으로 흔들리던 아빠의 눈동자.

나의 눈빛이 느껴졌는지 1초도 안 되는 짧은 순간 그와 나 사이에 시선이 오고 갔다. 그러나 슬픔인지 원망인지 모를 아버지의 눈을 오래 생각하기에 나에겐 정리해야 할 차트와 서류가 너무 많았다. 나는 점심시간이 지나서야 겨우 닥친 일을 마무리하고는 스테이션(간호사실 옆 근무 공간)에 멍하니 앉아 있었다. 그때 등뒤로 아이가 영안실에 조금 늦게 내려갈 것 같다는 말이 들렸다. 나는 무언가에 홀리기라도 한 듯 아이의 병실이 있는 병동 구석으로 걸음을 옮겼다.

유난히 항암 병동 순환 근무가 많았던 전공의 시절 이미 열 손가락으로도 모자랄 아이들과 아픈 작별을 했지만, 내가 안아 위로하고 나를 안으며 슬퍼하던 이들은 모두 엄마였다. 아버지들은 절반쯤은 뒤늦게 도착했고, 절반쯤은 어딘가에 나가 있었던 것 같다. 나는 그런 순간마다 아이를 잃은 엄마의 아픔과 주치의로서의 나의 슬픔, 그리고 즉시 정리해야 할 일들에 파묻혀 그들을 굳이 찾지는 않았다. 비극의 주인공은 아이였고, 엄마였으며, 차라리 야속하도록 선명한 사망 선고 순간의 벽시계일지언정 내 눈앞에 보이지 않던 아버지는 그 장면에 없었다.

그런데 그 복도의 끝에서 나는 멀리 보이는 하늘과 세로로 긴 사각형의 창문과 그늘진 뒷모습이 합쳐진, 흡사 '안개바다 위의 방랑자'(Wanderer above the sea of fog, Casper David Freidrich, 1817)처럼 홀로 선 아버지의 어깨를 보았다.

사회생활 경험이라고는 일천한 스물일곱의 전공의. 어린 시절 기억 속의 아빠와 제법 가까웠고, 그럭저럭 무난하게 자라 갓 결혼은 했으나 아직 어머니는 되지 못한, 모두에게 공감하기엔 뭔가 어정쩡한 포지션의 나는 그 순간 어떻게 해야 할지를 몰라 가만히 멈춘 채 한참 동안 그의 뒷모습을 바라만 보았다.

　인기척을 느꼈는지 그가 문득 고개를 돌렸다. 그의 눈에 얼룩진 눈물을 알아채고는 나는 다시 한 번 얼어붙었다. 앞으로 나아가야 할지 뒤로 도망쳐야 할지 알 수가 없었다. 그는 한마디 말도 눈인사도 하지 않은 채 나를 스쳐 지나갔고, 복도에는 거짓말 같은 적막만이 남았다.

　어째서 몰랐을까.

　아이가 떠나고, 가족들이 무너지는 순간에도 아버지는 흔들리지 않는다. 절망과 고통이 지배하는 시공을 마지막까지 추스르는 것은 대체로 아버지들이었다. 온정신을 부여잡으며 가족들에게 전화하고, 차마 떨어지지 않는 입술을 움직여 슬픈 소식을 전하고, 여기저기 뛰어다니며 서류를 정리하고, 병원비를 결제하고, 영안실 직원과 장례 절차에 대해 건조한 대화를 나누는 일. 보이지 않는 사이에 아버지들이 해야 했던 그 많은 일들을 나는 어째서 몰랐을까.

십수 년이 흐르는 동안 나는 세 아이의 엄마가 되었고, 이제는 셀 수도 없이 많은 환자와 보호자들의 기억을 안고 살아간다. 그리고 꼭 그만큼, 수많은 가족의 고통을 함께 겪고, 생각보다 많은 마지막 순간을 곁에서 지켜야 했다.

　여러 일을 겪을수록 감정은 무뎌지고 복잡한 삶은 많은 기억을 지운다. 그러나 여전히 나는 아이를 잃은 부모의 뒷모습에서 아버지의 어깨를 먼저 본다.

　당신의 어깨 위에도 마땅히 와야 할 위로의 손길이 너무 늦지 않기를,

　혼자 떠안고 흐느끼는 밤이 너무 길지 않기를,

　힘들면 힘들다 말할 수 있는 용기와 평안이 당신의 마음에 깃들기를.

　세상 모든 아버지들의 밤에 안녕을 빈다.

오늘도 ───────── 선을 넘는다

＊   소아응급실의 하루는 의외로 고요히 흘러
간다. 종종 경련하는 아이들이 들어오고 때로 부정맥이 멈추
지 않아 실려오는 아이들이 있지만, 우리가 해야 할 일은 대개
정해져 있고 나는 그 일들에 대체로 익숙한 까닭이다. 또한 응
급실은 의학적 판단을 신속히 하고, 환자에게 간단명료한 말로
설명하여 빠른 거취 결정을 내리는 것이 미덕이다. 그러나 상황
이 허락하는 한 수십 분을 더 할애해서라도 긴 상담을 해야만
하는 환자도 종종 만난다. 그것은 응급실에서만 경험할 수 있
는 조용한 스펙터클, 한 아이와 가족의 인생이 송두리째 바뀌
는 순간이기도.

설사를 하는 중학생이 아버지와 함께 응급실로 들어왔다. 다큰 사내아이가 설사로 응급실을 찾는 경우는 흔치 않다. 약간 마른 듯한 몸에 창백하게 잘생긴 얼굴이다. 얼굴의 절반 이상을 마스크로 가렸지만 냉랭한 눈빛이 나머지 얼굴의 표정을 다 말해주고 있었다. 질문마다 수 초씩 뜸들이고 한숨을 쉬며 마지못해 대답하는 아이에게 나는 약간 눈치를 보며 물었다. 증상은 언제부터 시작된 것 같아요? 설사는 하루에 몇 번이나 해? 피가 섞여 나온 지는 얼마나 됐어요? 배가 많이 아프지는 않아? 뻔한 질문이었으나 굳이 달래듯 반말과 존대를 애매하게 섞어가며 하나하나 물어야 했던 데는 이유가 있었다.

질문이 깊어질수록 아이의 증상은 단순 장염이 아니었다. 증상이 시작된 지 너무 오래되었고, 여러 증거들은 하나라도 좀 아니었으면 싶을 정도로 전형적으로 같은 방향을 향해 가고 있었다. 내 머릿속 예상 진단명의 목록들은 빠른 속도로 짧아졌다. 진찰까지 마무리하고 진료를 마칠 무렵, 뒤에 선 아버지의 불안한 눈빛과 가만히 있지 못하는 두 손이 나의 시선을 잡아끌었다.

그런 눈빛을 여러 번 본 적이 있다. 대개는 아직 서로 말하지 않은 무언가를 이미 예상하고 있어 대단히 불안하거나 어떤 사실이나 감정을 숨기고 있는 경우에 볼 수 있는 눈빛이다. 나는 설명해야 할 내용이 예상보다 더 많을 수도 있음을 직감했다.

몇 가지 검사를 해보기로 했다. 환자와 아버지를 대기실로 나가 있게 한 뒤 차트를 정리하고 임상 소견을 구분해 머릿속에 떠오른 질병의 표지 점수를 계산해보았다. 검사 결과가 다 나오고 내시경까지 마치고 나야 정확히 말할 수 있겠지만, 지금까지의 경험으로 미루어 아이의 온몸과 모든 말은 염증성 장 질환의 한 종류를 가리키고 있었다.

1차 검사 결과가 나왔고 나는 아이와 아버지에게 현재 상태와 내시경 검사의 필요성, 그리고 소화기분과의 추가 진료가 예약될 것을 알렸다. 아이는 미동도 없었다. 냉랭한 얼굴 그대로 놀라지도 궁금해하지도 않았다. 당연히 한 마디의 대답조차 하지 않았다. 나는 설명을 더 할까 말까 망설이다 먼저 아버지 이야기를 들어보아야겠다고 생각했다.

"아버님, 괜찮으시면 진료실에서 따로 잠시 뵐까요?"

아버지와 나 사이에 고요한 수 초가 흘렀다. 나도 아버지도 서로 어떤 말로 이야기를 시작해야 할지 머릿속에서 분주히 단어들을 고르고 있는 것 같았다. 아버지는 마스크를 슬쩍 내려 심호흡을 한번 하더니 이내 무언가 결심한 듯한 목소리로 먼저 이야기를 시작했다.

"제가 크론병 환자예요."

내가 그 진단명을 먼저 말하지 않고 두루뭉술하게 설명했음에도 아버지는 이미 많은 것을 예상하고 있었다. 크론병은 대표적인 염증성 장 질환의 일종으로 장 점막에 만성적으로 염증이 재발하는 병이다. 유전성이 입증된 것은 아나나 환자 가족 및 일란성 쌍둥이에게 발생 빈도가 높아 유전적 인자가 종종 거론되는 병이기도 하다. 자녀에게 자신과 같은 병이 발생하면 유전적 연관성이 없다고 분명히 명시되어 있더라도 못내 죄책감이 드는 것이 부모 마음이니, 하물며 유전적 소인이 거론되는 병이라면 더 말할 것도 없다. 아버지는 아마 한참 전 아들의 증상이 시작되었을 때부터 설마 좀 오래가는 일반적인 장염이겠지 하는 애서 억누른 걱정의 낮과, 나를 닮은 병이면 어쩌나 하는 염려의 밤을 보냈을 것이다. 오늘 밤 끝내 아들의 손을 이끌고 병원을 찾는 길, 아버지는 빈 도로를 달리는 내내 어떤 마음이었을까.

아버지는 강인했다. 눈빛과 목소리에는 약간의 떨림이 묻어 있었지만 등받이 없는 의자에 앉은 자세는 흔들림 없이 꼿꼿했고, 말투는 예의를 잃지 않았다. 그는 아들에 대한 우려와 마치 피를 타고 전해진 것처럼 느껴지는 자신의 병에 대한 감정을 담담히 들려주었다. 그리고 그의 눈동자는 말보다 더 많은 것을 전달하고 있었다.

나는 생각했다. 이 순간, 이 자리에서 내가 해야 할 말은 무엇일까. 정확한 진단은 아마 소화기분과에서 내려줄 것이다. 병에 대한 설명은 가감 없이 명료하게 전달되겠지. 그러나 이 가족이 처음 질병에 직면해야 하는 오늘의 이 장면은 나만이 바꿀 수 있다. 그리고 집으로 돌아가 살아가야 할 일상은 어쩌면 그 감정에 많이 빚질 수도 있을 것이다. 나는 마스크 속으로 잘근잘근 씹은 입술을 감추며 주제넘은 몇 마디를 더하기로 했다.

"아버님, 어떤 마음이실지 제가 감히 다 이해한다고 말씀드릴 수는 없지만 의사 입장에서 많은 경우를 보다 보니 무엇을 걱정하시는지는 짐작할 수도 있을 것 같아요. 아이에게 우리가 걱정하는 병이 진짜 있을 수 있고, 그건 우리가 다 해결해줄 수는 없을지도 모르지요. 저도 부모라 내 탓 같은 마음이 드실 수 있다는 건 충분히 공감합니다. 하지만 누구에게나 다양한 병은 생기게 마련이고, 우리가 모든 일의 원인과 과정을 다 알고 조절할 수는 없으니 아버님께서 너무 죄책감을 가지실 필요는 없다는 말씀을 의사로서 꼭 드리고 싶어요.

다만 우리가 확실히 물려줄 수 있는 게 하나 있는데, 그것은 아이가 자신의 몸을 대하는 태도라고 생각합니다. 치료 과정을 직접 이겨내야 하는 것은 결국 아이 자신이거든요. 아이들은 대체로 잘 해내지만, 때때로 질병이 주는 감정에 지나치게 몰입해서 어려움을 겪는 경우도 있습니다. 제가 읽은 책 중에 그런 구절이 있었어요. 흰머리에 대해 내내 괴로워하고 불평하는 부모를 보며 자란 자녀는 자신에게 흰머리가 나기 시작할 무렵 무의식으로부터 같은 종류의 부정적 감정을 경험하기 쉽다고. 하지만 그 부모가 흰머리 덕분에 나의 외모가 참 중후해 보이지 않느냐며 대수롭지 않게 여기고 유쾌하게 웃어넘기곤 했다면, 아이 또한 비슷한 종류의 긍정적 감정과 유머를 가지기 더 쉽지 않겠느냐고. 아이들은, 어쨌든 부모를 닮아가니까요.

나를 닮아 이 병을 앓게 해서 미안하다고만 생각하고 죄인처럼 행동한다면 아이의 마음에는 자기도 모르게 불평과 원망의 마음이 싹틀지 몰라요. 반대로, 같은 병을 가지고 있지만 건강을 돌보면서 일도 잘 해내고 결혼해서 너처럼 멋진 아이도 낳고 잘 키웠단다, 하며 자랑스러워하는 부모를 보면서 자란 아이는 그 시간을 좀 더 편안하고 수월하게 이겨낼 수 있겠지요. 아이가 힘들어할 때 같은 입장에서 충분히 공감해주고, 아버지는 어떻게 극복했는지 또 그것이 어떤 새로운 힘을 주었는지 알려줄 수 있는 큰 언덕이 되어주셨으면 좋겠어요. 우리의 짐작이 틀리면 더 좋겠지만 혹시 아이에게 병이 있더라도 그건 오직 아버님만이 도와주실 수 있는 일이고, 아버님은 잘해주실 거라고 믿어요."

응급실은 우리의 대화를 기다려주기라도 하는 듯 오랜만에 아주 오래 조용했다. 아버지는 내내 눈물을 글썽이거나 고개를 끄덕이며 나의 말에 귀기울여 주셨다. 당신보다 한참이나 어린 티가 나는 처음 보는 응급실 의사의 말이 마음에 얼마나 가닿았을지는 알 수 없다. 그러나 거듭 허리를 깊이 숙이며 감사하다고 말하는 아버지께 나도 똑같이 허리 숙여 존경과 감사를 표했다. 그는 강인하고도 따뜻한, 참 좋은 아버지였다.

아이들을 진료하는 것은 병을 다루는 일인 동시에 삶을 만지는 일이다. 평생 앓아야 할 병, 길고 어려운 많은 과정들, 나아가 죽음과 가까운 상황을 설명해야 할 때는 더욱 그렇다. 병을 알려주되 이 병을 어떻게 다룰지도 함께 가르쳐주는 것, 우리가 함께할 수 없는 매일의 삶 속에 최고의 지원군을 심어주는 것, 먼저 겪은 다른 가족들의 지혜를 보고 들어 새로운 가족의 삶 속으로 전해주는 일.

질병에 대한 정보를 전달하는 데 필요한 것은 잘 벼린 칼 같은 정확함과 단호함이지만, 아이들의 손에 정말로 쥐여주어야 할 것은 단단히 동여맨 손잡이와 칼집이라고 믿기에 나는 오늘도 조심스레 선을 넘는다.

어려운 길을 가는 아이들에게 의사와 부모, 어른들의 굳건함과 다정함이 좋은 등불과 지팡이가 되어주기를 바라며.

식탁 유리 속의 ───────── 그림자

✱　　　　　　　　눈에 초점을 잃은 엄마가 사흘은 못 씻은
듯한 모습으로 응급실로 들어왔다.

　엄마는 계절에 맞지 않는 맨발에 슬리퍼 차림이었고, 티셔츠
에는 반찬 자국이 진하게 묻어 있었다. 하지만 이미 몇 번이나
울었다 말았다 했는지 눈곱과 눈물이 엉겨붙은 앳된 눈동자에
비하면 그건 딱하게 보일 겨를조차 없었다.

　"아기가 밤만 되면 우는데 도대체 뭘 어떻게 해야 할지 모르
겠어요!"

　그녀는 속싸개와 겉싸개로 몇 번이나 꽁꽁 싸맨 신생아를 껴
안은 채 바들바들 떨고 있었다. 아기를 안는 것조차 능숙하지

못해 반듯이 안았다 눕혀 안았다 하는 부산한 손놀림과 화를 내는 건지 우는 건지 구별되지 않을 정도로 불안한 목소리…. 오늘의 이 상황이 인생 최대의 위기임을 그녀는 온몸으로 외치고 있었다.

그 순간 문득 오래전 첫 아이를 안아 키우던 때의 내가 떠올랐다. 그날, 식탁 유리에 비친 낯선 그림자를 보았던 그때가.

나는 스물아홉의 초보 엄마였다.

당시 나는 소아과학적 지식으로 야무지게 무장한 대학병원의 치프였던 만큼 육아에는 아무런 어려움도 없을 거라 자신하고 있었다. 초음파상 아기는 건강하다고 했고, 34주가 훨씬 지났으니 지금부터는 언제 나온다 한들 크게 위험할 일도 없겠고, 그럼 됐네. 걱정이 없는 게 아니라 정말 아무 생각이 없었다. 남들 다 낳고 키우는 거 뭐 별것 있겠어.

출산 휴가는 8주였다. 적당히 키워놓고 복귀하면 되겠네. 나는 정말 아무것도 모른 채 야심만만 즐거워했다. 배운 바에 따르면 산욕기는 6주라고 했으니까 나머지 2주는 운동도 하고 몸매 관리도 하면서 좀 쉬었다 복귀해야지. 신혼여행 때를 제외하고는 일요일조차 하루도 쉬어본 적 없던 레지던트 생활에 한줄기 빛이 들어오는 기분이었다.

드디어 아이가 태어났다.

그리고 바로 그 순간부터 나의 모든 예상은 완벽히 빗나갔다.

아이는 자지 않았다. 그리고 잘 먹지 않았다. 한 번 잠들면 잘 자는 편이었지만, 그 한 번이 쉽지 않았다. 작게 태어난 데다 입술과 턱의 힘도 부족해 잘 빨지 못하고 자꾸 미끄러졌다. 게다가 낮밤을 가리지 않고 계속 울어댔다. 친정에서 산후조리를 했기에 친정 부모님의 도움을 받는 복 받은 환경이었지만, 그럼에도 불구하고 내 손에는 어느 것 하나 익숙해지지 않았다.

밥 먹듯이 밤을 샌 의대생 시절, 일주일 아니 열흘까지도 쪽잠만으로 너끈히 버티곤 했던 인턴 시절, 그리고 수많은 아이들의 명단을 주머니에 찔러 넣은 채 하루걸러 하루씩 밤을 새며 당직을 서던 전공의 시절까지 내 20대의 절반은 밤샘이었다고 해도 과언이 아니다. 더욱이 아기를 돌보는 것에는 익숙할 대로 익숙해졌다고 생각했는데 고작 신생아 한 명 돌보는 며칠이 이토록 괴로울 줄이야.

아기가 방긋 배냇짓을 하면 육아의 피로 따위는 눈 녹듯 사라진다더니 웬걸, 내 마음은 시베리아 동토 또는 히말라야의

만년설이란 말인가. 그렇다면 이건 내 인격의 문제인가 하는 생각마저 들었다.

그러기를 한 달쯤 하던 어느 오후, 아이를 앞으로 안고 서서 급히 밥을 먹다 문득 식탁 유리 속의 나와 눈이 마주쳤다. 뒤로 당겨 묶었으나 여기저기 삐죽이 튀어나와 산발이 된 머리, 외출할 때는 절대 쓰지 않는 두꺼운 안경, 식탁 유리에 비친 흐릿한 모습으로도 대번 티가 나는 푸석해진 피부와 둔하고 멍청해 보이는 턱선…. 심지어 목이 늘어난 티셔츠에는 빨아도 지워지지 않는 아이의 침과 토 자국이 얼룩져 있었다. 왼손에는 밥그릇을, 오른손에는 숟가락을 들고 허겁지겁 하루의 첫 끼니를 먹다가 식탁 유리에 비친 내 모습을 멍하니 바라보던 순간, 나는 내 인생이 완전히 새로운 장으로 접어들었음을 자각했다.

'아, 나는 엄마가 되었구나. 엄마가 된다는 건 퀘스트(온라인 게임에서 이용자가 수행해야 하는 개별 임무. 하나의 퀘스트를 달성하면 보상이 주어짐 ; 편집자 주)가 아니라 삶 하나가 통째로 주어지는 일이로구나.'

그때까지 움켜쥐고 살아온 나의 자유롭고도 오만한 정체성이 번개를 맞으며 산산조각 나는 것만 같았다. 나는 아이를 안고 한참을 울었다.

처음으로 나보다 더 소중한 존재가 생겼는데 그 존재는 지금 껏 내가 경험한 모든 것 중에 가장 내 마음대로 되지 않았다. 인생에서 제일 잘 해내고 싶은 일이 생겼는데 도무지 어떻게 해야 하는지 알 수 없었고, 어디서도 배울 수 없었다. 나의 시행착오가 이 작은 아이에게 실패나 상처로 남을지도 모른다는 불안이 쉴 새 없이 덮쳐왔다. 하루하루 눈뜰 때마다 새로운 미션이 주어졌고, 같은 문제임에도 정답은 매번 달랐다. 몸과 마음은 수시로 시들어 3퍼센트 남짓한 배터리로 짧은 충전과 아슬아슬한 방전을 반복하는 것만 같은 날들이 이어졌다. 나는 매일 낮 실패했고 매일 밤 자책했다.

그날 아이 엄마의 눈동자가 나에게 보낸 것은 아이가 아니라 자신에 대한 SOS였다.

"아이는 울음을 이미 그쳤네요. 오는 길에 좋아졌지요? 잠시 침대에 눕혀서 볼게요. 엄마 몸은 좀 어때요? 밥은 좀 챙겨 드셨어요?"

엉거주춤 진료실 침대에 기대서서 내내 불안해하던 엄마는 밥은 먹었느냐는 한 마디에 눈물을 후두둑 쏟아냈다. 나는 엄마의 어깨를 살짝 잡아 토닥인 뒤 속싸개를 풀어 아기를 진찰

했다. 쌔근쌔근 잠든 아기에게 특별한 이상은 보이지 않았다. 그동안 엄마도 조금은 진정된 것 같았다.

"아기는 괜찮을 거예요. 그런데 오늘은 아기보다 엄마가 괜찮았으면 좋겠어요. 혹시 너무 불안하거나 도와줄 사람이 없다면 여기 좀 더 있다 가셔도 돼요."

엄마는 고개를 끄덕이며 아기를 다시 안았다. 아기는 편안해 보였다. 이제는 엄마도 편안해진 것 같았다.

태어나는 아기들의 수가 줄어들면서 육아에 공감할 수 있는 문화 또한 자연스레 옅어져간다. 그러다 보니 한쪽에서는 육아의 자연스러운 과정을 지나치게 두려워하고, 또 다른 한쪽에서는 양육의 어려움을 잔인할 정도로 폄하하거나 힐난한다. 양쪽 다 그럴 만한 이유가 있다는 걸 안다. 그러나 다들 하는 일에 유세 떤다며 민폐 끼치지 말라고 일갈하기에 육아의 스펙트럼은 한없이 넓고, 그 길을 아슬아슬하게 걸어가는 부모들의 삶은 저마다 너무나 다르다. 비슷한 경험을 한 적이 있는 것 같아도 타인의 위기는 내가 다 알 수 없다. 나보다 수월해 보인다고 해서 그 일이 힘겹지 않은 것은 아니다.

아직 결혼 전이었던 전공의 2년차 응급실 근무 때 있었던 일이다. 손자가 두 끼를 연달아 절반밖에 안 먹어 얼굴이 반쪽이 되었다고 수액이라도 맞아야 하는 것 아니냐며 아이를 데리고 온 할머니가 계셨다. 볼이 흘러내릴 정도의 토실토실 혈색 좋은 얼굴로 응급실 문을 부술 듯 뛰어다니는 아이를 보며 '어휴, 얼굴이 반쪽이었기에 망정이지 저 뺨이 온쪽 그대로였다면 아주 큰일날 뻔했네' 하며 속으로 키득거렸던 기억이 있다.

그런데 내 아이를 낳고 나서 아이가 고작 두 끼를 건너뛰었을 뿐인데 한나절 만에 얼굴이 반쪽이 되는 기적을 목도하고야 말았다. 나는 얼굴도 기억나지 않는 그 할머니께 얼른 속으로 사과드렸다. '아유 할머니, 그때 손자분 얼굴이 정말로 반쪽이었던 거군요.' 사람은 누구나 자기 일이 되고 나서야 그 입장을 절반이라도 헤아릴 수 있는 법이다.

한밤중의 소아응급실에서 때로 보살핌이 필요한 것은 아기보다 엄마, 아빠인 순간들이 있다. 아기는 괜찮을 거라고, 모든 것이 잘될 거라고, 그럼에도 불구하고 그 모든 것은 저절로 된 것이 아니라 당신이 애쓴 결과일 거라고, 그러니 조금만 더 같이 힘내보자고 말해주는 누군가가 필요한 순간이 반드시 찾아온

다. 그 누군가는 가족일 수도 친구일 수도 이웃일 수도, 어쩌면 늦은 밤 가장 큰 위기의 순간에 만나는 의사일 수도, 또는 그런 SOS를 보내고 있는 누군가를 곁에 둔 당신일 수도 있으리라.

오늘 밤도 갓난아기의 곁을 뜬눈으로 지키는 초보 부모들에게 주변의 배려와 응원이 함께하기를 진심으로 빈다. 그리고 오래전 어느 날, 우리는 모두 그렇게 온 가족과 온 마을의 사랑으로 자란 아이였음을 세상이 잊지 않았으면 좋겠다.

세 종류의 ──────── 보호자들

✱　　　　　　　　진료 중 부모들이 우는 아이를 어르는 상황을 크게 '괜찮아 파', '미안해 파', '누가 파'로 나눌 수 있다.

'괜찮아 파'의 경우 의료진으로서는 별 문제 없지만 아이 본인은 하나도 괜찮지 않으므로 부모의 말에 불만과 불신이 싹튼다는 문제가 있다. 나는 정말 안 괜찮단 말이지.

'미안해 파'의 경우 이 표현이 모성애의 표출이라는 것은 이해가 된다. 다만 부모의 내적 스트레스와 자기 연민이 극대화된다는 부작용은 둘째치고 아이 입장에서는 본인이 아픈 것이 부모가 '미안해해야 하는' 상황으로 인식된다는 데 더 큰 문제가 있다. 몸이 아파 병원에 오기는 했지만 의사와 간호사들의 행위가 어쩐지 자신을 공격하는 것처럼 공포스럽게 느껴지기도 하는 것이 아이들의 마음이다. 그런데 부모라는 존재가 나를 이 두려운 상황에서 벗어나도록 도와주기는커녕, 낯선 사람들 손에 무방비로 맡겨두는 것만 같으니 '괘씸함과 배신감'마저 드는 것이다. 병원에 온 아이들이 부모에게 부적절하게 갑질하는 모습을 종종 보이는데 이 또한 아이의 병 앞에서 애초에 관계 설정이 잘못되었기 때문.

'엄마 아빠는 너의 보호자다.

너를 낫게 하기 위해 의료진과 함께 최선을 다할 것이다.

그러니 너는 건강을 되찾기 위해 우리와 협력하고 스스로 노력해야 한다.'

이 기본이 무너지니 아이들은 점점 더 부적절하게 짜증을 내고, 부모들은 약 하나 먹이기 어려운 상태로 쩔쩔매며 온갖 과자에 동영상이나 가져다주는 안타까운 관계가 만들어진다.

사실 며칠 앓고 마는 감기에 걸린 거라면 그래도 된다. 어리광 좀 부리고 응석 좀 받아주고, 뭐 그럴 수도 있지. 하지만 큰 병이라면 얘기가 달라진다. 장기 치료 중이라거나 재발과 관련된 기복을 자주 겪는다거나 특히 재활 등 환자 본인의 노력이 절대적으로 필요한 상황이라면 이런 대응은 단순한 '우쭈쭈'가 아니라 독이 된다. 자식의 몸도 마음도 영혼도 다 망가지고 있는데 안타깝게도 가족 중 어느 누구도 알아채지 못하는 경우가 너무나 많다.

그런 맥락에서 가장 위험한 것이 '누가 파'이다. "어이구, 누가 그랬어~ 누가~ 누가~", 한술 더 떠 "선생님이 그랬어? 때찌!"까지, 진료 과정에서 저 말을 대충 수천 번은 들은 것 같은데도 들을 때마다 여전히 당혹스럽다. 쟤가 너를 아프게 했다는 건지, 쟤가 너를 괴롭히고 있다는 건지, 그런 사람한테는 '때찌' 하라고 가르치는 건지 도무지 어떻게 해석해야 할지를 모르겠다.

말도 제대로 못 하는 아이에게 '남 탓'을 먼저 가르치고 세상이 너를 공격하고 괴롭히고 있다는 인식을 주는 것이 아이에게 과연 어떤 도움이 될까. 아픈 아이 어르느라 별 생각 없이 던지는 말 한마디에 그렇게까지 의미를 둘 일이냐고 묻는 이가 있을지 모르겠다. 하지만 이건 양육하는 어른의 기본적인 사고방식이 아이의 무의식 속으로 스며드는 일이기 때문에 큰 의미를 두는 것이 맞다.

- 그런 종류의 말을 듣고 자라다 보면 당장 본인이 돌부리에 걸려 넘어져도 돌부리 탓을 하기가 쉽다. 여기 돌이 있어서, 누가 이걸 안 치워놔서. 그리고 더 자라서는 친구 탓, 부모 탓, 동

료와 상사, 나라와 세상 탓을 할지도 모른다. 이 아이들의 내면은 과연 무엇으로 채워지겠는가.

위험을 피하기 위한 최소한의 교육과 경고를 제외하면, 미취학 연령은 물론 개인적으로는 최소 초등 저학년까지는 세상을 밝고 긍정적이며 호의적이고 따뜻한 곳으로 인식하고, 나는 온 세상으로부터 사랑과 보호를 받고 있구나, 라는 믿음을 갖게 해야 한다. 나를 둘러싼 많은 것들과 나를 도와주려는 존재들에게 감사하는 마음, 그 마음을 적절하게 표현하는 습관, 온 세상이 나를 돕고 있다는 확신…. 자존감은 바로 이런 경험들에서 뿌리를 내리는 것이 아닐까.

아주 보통의 ──────── 육아

✱　　　　　　　저녁 일곱 시의 소아응급실, 다섯 살 여자
아이가 눈썹 옆이 찢어져 왔다. 아이는 엄마 손을 꼭 잡고 사뿐
사뿐 걸어와 의자에 앉은 뒤 가만 눈을 감는다. 단정한 옷차림
의 엄마는 말끔하게 손질된 손톱으로 딸아이의 눈썹을 가리키
며 말한다.

"선생님, 예쁘게 꿰매주세요."

이번에는 다섯 살 남자아이가 이마가 찢어져 왔다. 건물 모퉁
이를 두 번은 돌아야 나오는 원무과에서부터 비명과 고성, 도망
치는 발소리가 요란하다. 보호자 한 명만 입실할 수 있는 응급

실로 부모가 따라 들어오고, 간호사 두 명까지 합세하여 두 팔과 두 다리를 다 잡고서야 간신히 상처를 볼 수 있었다.

옷이 다 풀어 헤쳐지고 머리가 산발이 된 엄마는 아이 팔과 몸을 힘껏 누르면서 어떻게 다쳤는지를 속사포처럼 쏟아냈다.

"제발, 빨리빨리 좀 해주세요!!!"

이 세상 모든 육아는 각양각색이고 아이들은 하나부터 열까지 다 다르다. 순하고 상대적으로 돌보기 쉬운 아이가 있는가 하면, 감당하기 어려울 만큼 까다로운 아이도 있다. 아이가 바닥에서 뭘 주워 먹건 내버려두는 부모가 있는가 하면, 돋보기로 들여다보아도 겨우 보일락 말락 한 발진 하나로 새벽 세 시에 응급실로 달려오는 부모도 있다. 그리고 그들 모두는 '보통의 육아'를 한다고 생각한다.

몸이 아픈 아이가 있고 마음이 아픈 아이가 있으며, 몸이 피곤한 부모가 있고 마음이 피곤한 부모가 있다. 예민하고 특별한 아이가 있듯 예민하고 특별한 부모도 있다.

본인이 수월한 육아를 하고 있다면 그것에 감사하면 된다. 내 자식이 순하고, 나아가 자랑스러울 만큼 우수하게 성장하고 있다면 잠잠히 그 순간의 행복과 운을 누리면 된다.

뜻대로 되지 않아 힘들지언정 어떻게든 아이를 잘 키워보려 죽도록 애쓰는 누군가를 가리켜 노력이 부족해서 저렇다고, 심지어 아이를 잘못 키워 저렇다고 쉽게 말해서는 안 된다.

비슷하고도 다른 아이들이 연달아 짝을 지어 들어오는 밤. 진료실과 대기실이 소란해질 때면 '아주 운 좋은 보통의 부모'들은 인상을 찌푸리며 차가운 시선을 보낸다.

상처를 봉합하기 위해 아이를 겨우 약으로 재웠다. 아이 손톱에 온 팔과 손이 긁힌 엄마는 기운이 빠진 채 앉아 있었다. 엄마에게 "잘할 거예요." 한마디를 건네며 밴드 몇 개를 내밀었다. 그녀는 고맙다는 말 대신 "죄송합니다."라고 말하며 눈물을 툭 떨어트렸다.

"괜찮아요. 아이들이 다 그렇죠. 어머님이 잘 도와주셨어요."

오늘 밤 당신의 특별한 육아에 깃든 최선과 애씀을 눈치챈 한 사람이 있었음을 알아주기를,

그것이 당신의 고단함에 아주 작은 위로라도 되어주기를.

언어의 ————— 사슬

✱　　　　　　내가 있는 이곳은 소나기 내리는 날의 비 닐우산과도 같아서, 누구나 필요한 때가 있지만 아무도 소중히 여기거나 오래 쓸 것을 바라지 않고 오직 한순간의 비를 피하기 위해 그 아래로 뛰어든다.

어렵게 예약한 대학병원 외래도, 스스로 골라 찾아갈 수 있는 개인의원도 아니기에 선택의 여지 없이 급히 들어와 속절없이 자신의 민낯을 내보여야만 하는 곳. 그러므로 응급실은 어쩌면 세상의 온갖 다양한 사람들이 무방비 상태로 만나 대화하는 유일한 곳인지도 모른다.

이곳에서는 나이와 성별, 국적이나 외모, 사회·경제적 지위며

배움의 정도를 떠나 오직 공평히 주어진 각자의 몸에 대한 이야기만 날것 그대로 오간다.

팔을 다쳐서 온 단발머리 여자아이가 있었다. 아이는 뽀얀 이마와 보송한 솜털이 무색할 만큼 정돈되지 않은 거친 말을 썼다. 중학생들이 그러려니 한두 번 겪는 일이 아니기에 무심히 넘겼는데, 아이 엄마가 미간을 찌푸린 채 팔짱을 끼고 옆에 서서 놀랍도록 똑같은 말투로 상황을 설명하는 것이 아닌가. 대기실에 앉아 있던 외할머니 역시 목소리만 다를 뿐, 마치 눈앞의 그녀들을 반복 재생하는 듯 똑같은 표현과 억양으로 비슷한 말들을 소리 높여 되풀이했다.

세 사람은 서로를 퉁명스레 쏘아보며 '너'를 탓하고, 본인의 불편과 짜증을 부풀려 이 순간에 투사했다. 그들은 정형외과 진료를 기다리는 동안 문득문득 언성을 높였고, 그것은 각자의 목 뒷덜미에 연결된 사슬인 양 서로를 거칠게 끌어당기거나 내동댕이치고 있었다.

그 후 아이의 새카만 눈동자를 다시 보면서 저 아이는 어떤 종류의 말을 듣고 나누며 자라고 있는 걸까 하는 생각이 문득 들었다. 그리고 저 엄마는 어떤 언어에 둘러싸여 살았을까. 할머니는 또 어떤 소리로 채워진 세월을 겪어왔을까.

인간의 상상력이란 기대하는 것보다 창의적이지 못하고, 개인이 딛고 선 세상은 생각보다 좁다. 그러므로 사람의 언어와 행동은 대개 그가 삶 속에서 보고 듣고 경험한 것들에 뿌리를 두고 자라나기 마련이다. 그 모습을 학습과 자기통제로 다듬어가는 성숙한 사람들도 있겠지만, 내 몸이 불편하고 마음이 뾰족해지는 순간에는 누구나 자신이 가장 많이 경험한 것을 토대로 말하고 행동하게 된다.

나를 향한 비난과 폭언이 쏟아지는 순간, 그런 거친 말과 날카로운 표현을 그들은 과연 언제 어디서부터 써온 것일까 가만히 생각해보니 화가 조금은 누그러지는 것도 같았다.

혹 그동안 다정하게 말해주는 사람보다 냉담하게 말하는 사람이 더 많았던 것은 아닐까. 그들의 귀에 지지의 말보다 비난의 말이 더 많이 들렸던 건 아닐까. 정중한 부탁이나 예의 갖춘 거절로 배려받았던 기억이 드문 것은 아닐까. 그래서 아마도 상대를 공격하기 위해서가 아니라 저렇게 행동해야만 자신을 지킬 수 있다고 배우고, 경험하고, 그러다 익숙해진 건 아닐까 하는 생각이 들었다.

이것이 나의 얄팍한 선민의식은 아닐까 내심 걱정도 되었지만, 어쨌거나 나는 아직 덜 여문 아이들을 보는 의사이므로 조금이나마 긍정적인 어른들의 대화는 어떤 것인지, 나를 공격하는 사람 앞에서 굳이 요란하게 다투지 않고도 해결하는 방법은 없는지 더 고민하게 되었다. 그리고 가능한 한 나의 실제 모습보다도 더 나이스한 장면을 연출하기 위해 노력하기로 했다. 사실은 그것이 나의 마음과 태도를 지키는 가장 쉬운 방법이기도 했고.

스스로 이렇게 얘기하는 것이 민망하지만, 나는 비교적 친절하게 말하는 것에 익숙하고 다정하게 대화하는 것이 당연한 사람이라고 생각해왔다.

잘 아는 사람이 아닐수록 더욱 그러했고, 때로 가식적이라는 오해를 받을지언정 나의 언어는 의도하지 않을수록 더 부드러웠던 것이 사실이다. 그랬기 때문에 지난날 나는 초면에 공격적인 언사를 내뱉는 사람들을 정말로 이해하지 못했다. 진료실에 들어서자마자 팔짱을 낀 채 화살 던지듯 말을 내리꽂는 사람들에게 적지 않게 상처를 받았으며, 때로는 그들을 비난하거나 한심해하기도 했었다. 이곳에서 나는 그 또한 오만이었음을 배운다.

반면 내게 다정하고 친절하게 말 걸어준 수많은 사람, 친구,

그리고 어른들은 거저 받은 인생의 큰 복이었음을 깨닫는다. 그러므로 이제 그 받은 것을 나누어야 한다.

내일은 누군가의 귓가에 조금 더 따뜻한 말들이 오가기를, 그것이 흘러 흘러 우리의 아이들에게 가닿기를, 그래서 이곳이 조금이나마 더 다정한 곳이 될 수 있기를 우리가 만나게 될 모두에게 부탁해본다.

하지 ——————— 않아요

✳   언제부터인지는 잘 모르겠지만, 부모들 사
이에 '하지 않아요'라는 말투가 유행하기 시작했다. 아마도 고압
적이고 단정적인 표현이 아이 마음에 상처를 줄 수 있다는 염
려에서 시작된 제안이자 문화인 것 같았다.

응급실에서 아이들이 뛰어다니면 부모들은 우아하게 말했다.
"뛰지 않아요."

진료실이나 처치실에서 아이들이 무언가 손대지 말아야 할
것을 만지면 부모들은 부드럽게 달랬다. "만지지 않아요."

아이들은 잠시 설득되는 것처럼 보였지만 대개의 경우 몇 초
의 망설임 뒤에 다시 똑같은 행동을 하곤 했다. 왜냐하면 부모

의 지시는 "여기서는 뛰면 안 돼", "그건 만지면 안 돼" 하는 명확한 규범이 아니라, 하면 좋겠지만 안 해도 그만인 애매한 기대에 불과했기 때문이다. 권위와 강제성이 없는 지시에 아이들이 진지하게 반응할 리 없다.

아이들에게만 그런 것이 아니다. 이런 표현은 우리 사회의 곳곳에서 발견된다. '불가능합니다'를 '어렵습니다'로, '금지됩니다'를 '협조 바랍니다'로. 그러면 안 된다는 걸 분명히 알지만, 그럼에도 불구하고 내가 싫다면 거부할 수도 있음을 허용하는 듯한 부드러운 말들이 올바른 표현인 것처럼 여겨지기 시작했다. 사람들의 기분은 좋아졌지만 사회 분위기는 어수선해졌고, 듣는 순간의 마음은 덜 불쾌할지언정 세상의 행동들은 선을 잃어가고 있는 것처럼 보였다.

아이에게 천 원짜리 지폐 세 장을 주고 이 금액 안에서 네게 가장 필요한 것을 고르라고 해보자. 아이들은 그 안에서 충분한 자유를 갖고 적절한 선 안에서 스스로 절제하는 법, 다음을 기약하고 계획 세우는 법을 배운다. 그러면서 오늘을 파악하고 내일을 꿈꾸게 된다. 반대로 현금 다발과 신용카드가 들어 있는 지갑을 통째 맡기며 아무 지침 없이 원하는 것을 알아서 사라고 해보자. 아이들은 오히려 어느 액수까지 써야 할지 몰라 망설이며 눈치를 보거나 제한 없는 자유에 통제력과 경제 개념을 모두 잃고 만다. 오늘은 흐트러지고 내일은 사라진다.

이건 안 돼, 라는 말을 아끼지 않았으면 좋겠다. 이 일은 해야 해, 라는 말도 두려워하지 않았으면 좋겠다. 아이들은 넘어서는 안 되는 선이 있다는 것에서 절제를 배우고, 그 안에서 자유를 누리며 자신감과 꿈을 키운다. 불편한 의무들을 완수해냄으로써 책임감과 긍지를 갖게 된다. 그건 나쁜 행동이야, 라는 단정적인 말을 들어보아야 옳고 그름에 대한 분별력이 생기고, 네것이 아니야, 라는 분명한 거절로 나와 남의 경계, 내 것을 지키는 법, 부당한 침범에 대응하는 법, 나아가 내 것을 기꺼이 나누거나 상대방을 배려하는 방법까지 터득할 수 있다. 이 모든 것이 단호한 울타리와 직접적인 지시를 통해 부모가 자녀에게 전해줄 수 있는 소중한 유산이다.

아이들에게는 어떤 자유를 박탈당함으로써 확실히 보호받아야 하는 권리도 있다. 아직은 몰라야 하고, 아직은 노출되지 않아야 할 세상이 있다. 아이 스스로 통제할 수 없는 자유는 인지하지 못하는 순간 언제라도 위험이나 유혹으로 변질되어 그를 공격하기 마련이다.

　발달 단계에 맞지 않는 너무 이르고 구체적인 성적 노출, 만연한 마약에 대한 지나치게 상세한 정보, 세상이 숨기고 있는 어두운 의도나 잔인한 범죄에 대한 내용들이 그렇다. 신변 안전을 위한 최소한의 교육은 해야겠지만, 너무 많은 것들을 한꺼번에 자세히 알려주려다 불필요한 호기심이나 공포를 과도하게 자극해 아이들을 혼란에 빠뜨리고 덫에 걸리게 만드는 경우를 종종 본다. 아이들에게는 그 시기에만 오롯이 누릴 수 있는 아름답고 천진한 시간과 공간이 있어야 하고, 그것은 마땅히 어른들의 울타리 안에서 보호받아야 한다.

　또한 아직 사회적 의사소통이 미숙한 아이들에게는 가급적 그 내용과 표현이 같은 결로 전달되어야 한다. 너를 사랑한다고 말하면서 핀잔 주듯 툭툭 내뱉고 구박하는 듯한 농을 던진다든가, 뭔가 안 된다는 뜻인 것 같은데 다정하게 에둘러 지시하거나 선택의 여지가 있는 듯한 뉘앙스로 이야기할 때 아이들은 혼란에 빠지고 만다.

　사랑을 말할 때는 한없는 다정함과 달콤함으로, 규율을 가르쳐야 할 때는 단호함과 분명함으로 혼란을 줄임으로써 아이들에게 가장 쉽고 간단명료한 매뉴얼을 쥐여주는 건 어떨까.

세상은 어차피 애매하고 모호한 곳이다. 안정감 있는 사랑과 스스로 지켜갈 규범을 심어주는 것이야말로 최고의 무기이자 우리가 아이들에게 줄 수 있는 가장 큰 선물임을 믿는다.

연기를 마신 ───────── 아이들

✳   여자 중학생 두 명이 나란히 접수되었다. 동갑에 똑같은 자주색 체크무늬 교복을 입었고 성은 다른 것으로 보아 아마도 친구 사이인 것 같았다. 아이들은 대기실 의자에 앉아 웃고 재잘대며 차례를 기다리고 있었다. 보호자는 집에서 출발해 곧 도착한다고 했다. 저 아이들은 왜 왔나요? 학교에서 과학 실험을 하다가 알코올램프 불이 옆으로 옮겨붙었는데 그 연기를 가까이서 들이마셨대요.

첫 번째 학생의 어머니가 도착했다.

괜찮니? 응, 괜찮아. 멀쩡해? 응, 멀쩡해. 큭큭. 아까 얼마나 난리도 아니었는지 알아, 엄마? 아이는 마치 영웅이라도 된 듯 으

스대며 엄마에게 과학실의 상황을 설명했다. 엄마와 아이는 똑같은 표정으로 눈꼬리를 접으며 웃었다.

곧이어 두 번째 학생의 어머니가 도착했다.

어떻게 된 거야, 그걸 어쩌다 마셨어? 괜찮아? 가슴 안 답답해? 얘 진료 봤나요? 괜찮은 건가요? 의사는 언제 봐요?

아이가 뭐라 대답할 겨를도 없이 엄마는 질문을 쏟아냈다. 엄마의 미간은 펴질 줄을 몰랐다. 어쩌다 그랬어? 어디 불편한 덴 없어? 하는 말이 서너 번쯤 더 반복되었다. 아이는 여전히 엄마의 눈치만 보며 아무 말도 하지 않았다.

둘은 같은 상황, 같은 증상으로 함께 병원에 왔다. 똑같은 검사를 했고, 똑같은 설명을 들었다.

첫 번째 학생의 보호자는 괜찮을 거라는 나의 말에 활짝 웃으며 "정말 다행이에요!"라고 말했다. 아이는 해사하게 웃으며 꾸벅 인사를 하고 엄마 손을 잡고 나갔다.

두 번째 학생의 보호자는 비슷한 질문을 바꿔가며 반복했다. 괜찮은 거 확실해요? 나중에 후유증 같은 건 없나요? 밤에 나빠지면 어떻게 해요? 아유, 왜 그런 걸 교실에서 해가지고. 선생이란 사람은 뭐 했다니? 정말 괜찮은 거죠? 그녀는 열 번쯤을 반복해서 묻고도 여전히 찝찝한 표정을 숨기지 않은 채 점점 짧아지는 나의 대답에 마지못해 진료실을 나갔다. 아이는 죄인이라도 된 양 고개를 숙이고 엄마 눈치만 보며 손톱 옆의 거스러미를 뜯었다.

응급실을 떠나는 아이들은 각자 엄마의 이목구비를 닮았고, 표정은 그보다 더 많이 닮아 있었다.

아이를 키우는 동안 아이가 아프거나 다치는 상황은 피할 수가 없다. 아이들은 수시로 열이 나고 감기에 걸리며 툭하면 토하고 생각보다 자주 여기저기 아파한다. 아이들의 통증과 질병과 부상은 잘 치료되어야 하지만, 어른들의 태도에 따라 그 과정이 아이들에게는 위기를 이기는 경험이 되기도, 위기에 압도당하는 경험이 되기도 한다. 두 학생은 같은 경험을 했지만 아마 학교로 돌아가 과학실에 다시 들어갈 때, 그리고 앞으로 언젠가 또 비슷한 불을 써야 하는 날에 전혀 다른 기억으로 오늘을 회상할 것이다.

아이들은 위기의 순간에 배운다. 정확하게는 위기의 순간을 대하는 어른의 표정과 태도에서 가장 많은 것을 배운다. 식당에서 주문하지 않은 메뉴가 나왔을 때, 주차장 차단기가 고장나 열리지 않을 때, 낯선 거리에서 길을 잃었을 때, 매표소에서 예약이 잘못된 것을 발견했을 때, 기차 시간을 놓쳐 여행이 틀어졌을 때, 그리고 가장 흔하게는 아프거나 다쳤을 때 아이들은 어른들의 말과 행동을 거울처럼 비추어 배운다.

내 아이들은 아프다고 말해도 엄마가 걱정해주지 않는다며 투덜대지만 그러는 동안 조금씩 배워간다는 것을 나는 안다. 사람의 몸은 24시간 365일 완전한 존재가 아니다. 아픈 날도 다치는 날도 있지만 대체로 잘 치료받으면 나을 수 있다. 그러려면 차분히 상황을 살피고 어느 정도의 위기인지 파악해 최선의 방법을 찾아야 한다. 어려서부터 내 몸을 스스로 돌보는 간단한 방법을 익히고, 전문가의 설명을 귀담아듣고 적용하는 경험도 해야 한다. 아파도 참고 일을 해내야 할 때가 있다는 것도, 몸의 고단함을 핑계로 무례를 범해서는 안 된다는 것도 배워야 한다.

아이들이 아프거나 다칠 때면 나는 어른들의 놀람과 당황함을 짐짓 감추는 것으로 의연함을 가르치고, 사소한 어려움쯤은 넉넉히 이겨낼 수 있다는 태도를 길러주어야 한다고 믿는다. 의학 지식의 많고 적음은 생각보다 중요하지 않다. 아는 게 병이라고 오히려 어느 선을 넘으면 의료인이 비의료인보다 더 어마

어마하게 걱정하는 경우도 많다. 하지만 의료인이건 의료인이 아니건 이게 오늘 당장 큰일 날 병이나 부상이 아니라는 것 정도는 아이를 몇 해 키우다 보면 대개는 경험으로 안다. 심지어 우리나라는 근처 아무 병원에라도 들어가 물어보면 되니 얼마나 좋은 환경인가. 예상치 못한 상황에 반응하는 속도, 힘든 상황에 대처하는 태도, 모르는 일 앞에서 정중히 도움을 청하고 전문가의 의견을 받아들이는 자세는 병원뿐 아니라 학교에서도, 식당에서도, 상점이나 매표소에서도, 늘 지나다니는 길에서도 언제나 가르칠 수 있다.

아이는 부모의 그림자를 보고 자란다고 한다. 아이가 세상에 눈을 뜨는 순간부터 가장 많이 보는 것은 단언컨대 부모의 얼굴과 표정이다. 그러니 막 열이 오르기 시작한 아이에게, 무릎에서 피가 나는 아이에게 부디 흔들리지 않는 눈빛으로 다정하게 말해주시기를 바란다.

"괜찮아, 우리는 이 상황을 함께 잘 해결할 수 있어. 다 잘될 거야."

아이는 씩씩하게 이겨낼 것이고, 단단한 마음과 건강한 몸을 키우며 부모의 좋은 협력자로 자랄 것이다.

아이에게 가르치는 ──────── 내 몸 사용 설명서

＊　　　　　　　"엄마, 나 열이 나는 것 같아."

얼굴이 발개진 채 학교에서 돌아온 딸아이가 말했다.

체온을 재보니 39도 언저리를 오르내렸다.

나는 미지근한 물과 해열제 한 알을 함께 건넸다.

"아팠구나. 그런데 괜찮아질 거야. 약 먹고 한숨 자보자."

"엄마, 나 넘어져서 무릎에서 피가 났어."

막내가 말했다. 무릎 한쪽이 쓸려 송송 피가 맺혀 있었다. 꿰맬 정도의 상처는 아니었지만 애매하게 파인 모양이 제법 쓰라렸을 듯싶었다.

깨끗한 거즈를 꺼내 적당히 지혈을 하고 좋아하는 모양의 밴드를 붙여주었다.

"아팠겠구나. 그런데도 씩씩하게 잘 걸어왔네? 치료를 했으니 깨끗하게 아물 거야."

여행지에서 돌아오던 날 숙소 입구에서 아들이 넘어졌다.

앞니 두 개가 깨지고 입술이 길게 찢어져 피가 났다. 직원 여러 명이 당황해서 달려왔고 여간해서는 울지 않는 아이가 큰 소리로 울기 시작했다.

우리를 도와주려 옆에 서 있던 직원에게 혹시 부러진 이를 같이 찾아줄 수 있겠느냐고 물은 뒤 아이를 의무실로 옮겨 응급처치를 했다.

"지금 앞니와 입술을 다쳤는데 피가 멎어야 하니 엄마가 거즈로 좀 누르고 있을 거야. 그리고 병원으로 옮겨 치료를 받아야 하니까 지금부터는 네가 잘 도와줘야 해. 할 수 있지?"

(미리 일러두자면 이 이야기들은 내가 의사인 것과는 크게 관련이 없다. 익숙한 상황이니 덜 놀라고 능숙하게 처치할 수 있는 것뿐 어느 수준을 넘으면 비의료인들은 상상할 수 없을 정도의 극단적 시나리오까지 순식간에 폭죽 터지듯 떠오르니 불안의 크기는 어쩌면 비

숫할 것이다. 그리고 다음의 내용은 본인이나 부모가 의료인이 아닐 때 더욱 중요하고 요긴한 이야기이기도 하다.)

응급실로 들어오는 많은 보호자가 가장 많이 하는 말은 '놀라서요'다.

'열이 40도라 놀라서요', '피가 많이 나서 놀라서요' 하는 식인데, 사실 이런 말은 보호자로서 아이 앞에서는 하지 않는 편이 좋다. 당연히 놀란 마음에 병원에 가야겠다고 생각할 수는 있다. 아이가 아프거나 다쳤는데 놀라지 않을 부모는 없을 것이다. 그러나 이때 보호자가 취해야 할 적절한 태도는 그 상황에 대해 놀라고 당황하는 것이 아니라, 놀란 아이를 진정시키고 어떻게 치료할지를 주체적으로 결정해 차분히 행동으로 옮기는 것이다.

아이가 자라면서 열이 오르거나 기침 콧물이 나거나 배가 아프거나 다치거나 하는 것은 흔히 있는 일이다. 의학을 따로 배우지 않아도 대략의 상식적인 내용은 수많은 전문가들의 책이나 강의를 통해 아이를 낳기 전부터도 넉넉히 알아둘 수 있다. 해열제는 어떻게 먹여야 하는지, 설사할 때 식사는 어떻게 하는 게 좋은지, 간단한 상처는 어떻게 치료해야 하는지. 첫 아이라

처음 겪는다 해도 사실 본인의 몸에서는 이미 다 겪어보았을 일들이기도 하고.

그런데 요즘은 무슨 일인지 예전보다 훨씬 더 일찍, 다소 덜 위중한 이유로 병원을 급하게 찾는다. 그렇게 하지 않으면 마치 아이를 방치하는 것처럼 느끼는 것도 같다.

사실 보호자들도 알고 있다. 정상적으로 성장하고 있는 아이라면 하루 이틀 나는 열이나 감기 증상으로 큰 문제가 생기지는 않는다는 걸. 다쳤더라도 의식이 있고 걸을 수 있다면 당장 큰일이 나지는 않는다. (신생아는 예외다.)

그런데 아이보다 어른들이 상황을 더 침착하게 받아들이지 못하는 경우를 종종 본다. 큰 손상이 아님에도 즉시 119를 불러 응급실로 들어오고 응급이 아니어서 진료 순서가 밀리면 이내 목소리를 높인다. 그러면 아이는 질병이나 부상 그 자체보다 당황하여 목소리가 높아지고 행동이 어수선해지는 부모의 모습에 더 불안을 느낀다. 부모는 어쩔 줄 몰라 하고, 아이는 울고, 응급실은 소란해지고, 진료는 산으로 간다.

시기를 놓치거나 혹시 위험을 인지하지 못해 아이가 잘못되기라도 할까 걱정하는 마음을 모르는 것은 아니다. 그러나 그

것은 대부분 적절한 치료를 충분히 받은 후에 의료진과 함께 고민해도 늦지 않은 내용들이다.

　예의범절이나 공중도덕, 학교 공부 등 부모가 아이에게 가르쳐줄 수 있는 것이 많지만 무엇보다 중요하게 가르쳐야 하는 것은 기본적인 생활 태도다. 머물렀던 자리를 정리하는 것, 타인과 적절한 거리를 유지하고 서로의 영역을 지키는 것, 청결을 유지하고 옷매무새를 반듯이 하는 것. 그중에서도 가장 기본이 되어야 하는 것은 내 몸과 건강에 대한 스스로의 통제와 관리다.

　열이 날 때는 어떻게 해야 하는지, 감기 기운이 있을 때는 무엇을 먹어야 하는지, 다쳤을 때 현장에서의 응급처치는 어떻게 하는 건지, 병원에 가서는 어떻게 치료받는 것인지를 아이들이 잘 알고 점차 스스로 해낼 수 있도록 교육하는 것이 부모의 역할이다. 아이들은 생각보다 일찍 학교로 학원으로 부모의 품을 떠난다. 그러니 몸의 이상을 느끼는 순간은 대부분 부모와 떨어져 있을 때인데, 그 순간 본인의 몸과 마음에 대한 대처를 잘해내는 아이들은 그 외 모든 생활 면에서도 침착하고 야무지게 자기 앞가림을 해낼 수 있다.

　컨디션이 평소와 다를 때 엎드려 짜증을 내는 아이가 있는가 하면, 크게 신경 쓰지 않고 하던 일을 마무리하는 아이가 있다. 감기 기운이 느껴질 때 이도 저도 귀찮아하며 밥을 거르고 동영상만 봐 생활습관이 무너지는 아이가 있는가 하면, 따뜻한 물을 챙겨 마시고 스스로 일찍 잠자리에 드는 아이도 있다. 운동장에서 넘어져 무릎을 다쳤을 때 주저앉아 우는 아이가 있는가 하면, 툭툭 털고 일어나 상처를 확인하고 주변에 예의 바르게 도움을 청하는 아이가 있다. 이런 태도는 질병과 손상에만 국한되지 않고 아이가 앞으로 현실에서 경험할 모든 종류의 돌발 변수에 대해 어떤 방식으로 직면하고 헤쳐나가는가 하는 문제와 반드시 연결된다.

그렇기에 아이들에게 감기 기운이 있거나 또는 아이들이 어딘가를 다쳤을 때 나는 아이의 상태만큼이나 나의 감정과 태도를 더 신경 써서 돌아본다. 내가 당황하거나 걱정하는 내색을 하지 않고 별일 아닌 듯 차분히 행동하면 아이들은 그 상황과 분위기 자체로 안정감을 느낀다.

안심시키는 부모의 말에는 언제나 큰 힘이 있다. 머리가 좀 아파도 엄마가 괜찮아질 거라고 말하면 정말 괜찮아지기도 하는 것이 아이들이다. 다리가 아파도 아빠가 함께 걸어보자고 말하면 다리가 부러지지 않은 한 걷기도 하는 법이다. 놀라서 허

둥대는 부모보다 침착하게 대응하는 부모를 보며 아이는 더 안심할 것이다.

지금 괜찮지 않더라도 잘 치료받으면 괜찮아질 거라고 용기를 주고, 차분히 협조하거나 스스로 해결하는 방법을 경험으로 알려주면 아이들은 이후 같은 상황을 다시 겪을 때 그렇게 행동하게 된다. 부모 스스로도 몸이 아플 때 의연하게 일상을 살아나가는 모습을 보여주거나, 적절히 쉬어가더라도 몸의 아픔을 마음의 아픔으로까지 투사하지 않고 평온함을 유지하려 노력하면 아이들은 그대로 배운다. 약간의 불편함에 일상을 방해받지 않고, 사소한 아픔으로 자기 연민에 빠지지 않는다. 이런 태도는 몸에도, 마음에도, 학습에도, 일에도 똑같이 적용된다.

어려운 이야기임을 안다. 나부터도 대단히 잠이 많고 쉽게 지치며 온갖 하찮은 잔병치레가 많은 엄마라 이 모든 것에는 얼마나 많은 노력과 인내가 필요한지 잘 안다. 매번 쉽지 않다고 느낀다. 그러나 학원 하나를 더 보내고 반찬 하나를 더 먹이는 것보다 아이가 자신의 삶에서 스스로를 잘 돌보게끔 성장시키는 것이 더 중요하다는 것을, 이는 오직 부모만이 심어줄 수 있는 소중한 가치라는 것을 알기에 오늘도 다만 애를 쓸 뿐이다.

응급실 환자의 ──────── 시계는 느리게 간다

＊　　　　　　　금요일 오후 5시 40분. 트램펄린을 뛰러 들어간 딸아이가 천천히 밖으로 걸어 나왔다. 왼손 팔꿈치를 오른손으로 받친 아이는 저 멀리서부터 입보다 눈으로 먼저 말을 하고 있었다. 엄마, 나 팔을 다친 것 같아.

가까이에서 팔을 본 순간 바로 알았다. 아, 부러졌구나.

입고 있던 카디건을 벗어 약간 비틀린 듯 형태가 변해 있는 아이의 팔을 감고 목에 두르듯이 올려 묶어 간이 보호대를 만들어주었다. 아이는 울지 않았고, 나는 놀라지 않았고, 우리는 태연하게 트램펄린장을 빠져나왔다. 나이치고는 침착한 아이인데다 소아응급실 의사인 어미가 여간한 병이나 부상에 대해서는 언제나 별일 아닌 듯 대해왔기에 아이는 모든 과정에 참을성 있게 잘 협조했다.

그러나 처음 경험하는 골절의 통증은 열 살 아이가 쉽게 다스릴 수 있을 정도는 아니었을 터, 아이는 차가 과속방지턱을 넘을 때마다 비명을 질렀다. 나는 서너 군데 병원에 문의전화를 걸었고, 15분 거리의 가장 가까운 정형외과 의원으로 갔다. 엑스레이를 찍고 보니 예상했던 대로 아이 팔은 지그재그로 부러져 있었다. 가볍게 맞추기는 했으나 통증이 너무 심해 제대로 당겨 끼울 수 없었다. 담당 의사는 팔이 흔들리지 않도록 임시로 고정한 뒤 응급수술을 할 수 있는 곳으로 옮겨야 한다고 했다. 부목을 대고 진료의뢰서를 받아 건물에서 나왔다. 사진을 찍고 뼈를 맞추느라 팔의 통증은 더욱 심해진 것 같았다. 주차장까지 걷는 것조차 힘겨워하는 아이를 부축하며 다시 응급실로 출발했다. 그때가 오후 7시 10분.

바들바들 떨며 울다 한숨 쉬다 하는 아이를 수시로 달래고, 간간이 걸려오는 가족과 친구들의 전화를 받으며 비 오는 금요일 저녁의 주차장 같은 강변북로를 달렸다. 평소 25분도 채 안 걸릴 정도로 가까운 병원이 이때는 한없이 멀고 막막하게 느껴졌다. 요철과 굴곡을 아무리 살살 넘어도 날카로운 비명과 함께 왈칵 눈물을 쏟아내는 아이를 옆에 태운 상태에서는 급정거를 유발하며 끼어드는 주변의 차들에 말이 곱게 나올 리 없었다. 마음은 급하고 손은 떨리고 입은 험해졌다. 우리 모녀는 더 이상 침착하지 않았다.

현실이 아닌 것 같은 시간과 공간을 달려 응급실에 도착했다. 불이 환하게 켜져 있는 빨간 응급실 간판을 보자 우리는 비로소 안도했다. 하지만 염려했던 대로 응급실은 남은 병상 하나 없이 꽉 차 있었다. 빈 침대가 날 때까지는 의자에서 기다려야 할 거라고 했다. 개인병원에서 해준 보호대를 목에 걸고 있었지만 아직 뼈가 어긋나 있으니 어떤 자세를 해도 통증은 줄어들지 않는 것 같았다. 아이는 퉁퉁 부은 눈으로 나를 바라보며 언제쯤 들어가 누울 수 있냐고 3분에 한 번씩 물었다. "곧 들어갈 수 있을 거야. 순서가 있어. 더 아픈 환자가 많아서 그래." 여러 말로 아이를 달래고 설명했지만 태어나 처음 겪는 통증에 시달리고 있는 아이에게는 그 어떤 말도 충분할 리 없었다.

아이 이름이 응급실 전광판에 뜬 것은 밤 8시가 훌쩍 넘어서였다. 나는 이미 진단명을 유추하고 있었고, 근처의 정형외과 위치를 알고 있었고, 가장 효율적인 대화와 절차로 움직였으며, 심지어 가야 할 응급실조차 분명하게 정해져 있다는 것을 알고 있었다. 소아의 정형외과 수술이 응급으로 가능한 병원은 이제 서울에도 많지 않기 때문이다. 그러니 대한민국의 어떤 아이와 엄마도 그날 우리보다 빠르게 움직이지는 못했을 것이다. 그럼에도 불구하고 그 길 위에서의 두 시간 반은 마치 스무 시간이나 되는 것처럼 길게 느껴졌다.

오늘은 보호자로 왔지만 소아응급실은 본래 나의 일터다. 근무하는 날마다 열 손가락으로 꼽을 수 없을 만큼 많은 골절 환자가 응급실로 들어온다. 나의 시간은 언제나 환자 이름이 명단에 뜬 그 순간부터 측정되기 시작한다. 내 동료들의 시간도, 간호사들의 시간도 그때부터 흐르기 시작한다. 이름이 뜬 순간부터 아이 이름은 우리 모두의 머릿속 어딘가에 있지만, 아무리 빨리 보려 해도 응급실로 밀려 들어오는 환자들은 매일 매분 매초 너무 많다.

나와 간호사들의 머리와 손발은 몇 구획으로 나뉘어 십수 명의 처치와 계획을 한꺼번에 진행하고, 우리 귀에는 늘 여러 명의 목소리가 동시에 들려온다. 때로는 질문으로, 때로는 하소연으로, 대부분은 불만이나 채근으로. 그러니 병원에 도착해 고작 10분도 기다리지 못하고 다그치는 보호자들의 역정이 반가울리 없다. 더 적나라하게 말하자면 내심 불쾌하고 한심하게 느껴지는 순간들도 많았음을 고백한다. '아니, 우리가 놀고 있는 것도 아니고 순서가 있다고 몇 번이나 설명했는데 접수한 지 몇 분이나 됐다고 저러나.'

그런데 응급실 의사가 아니라 응급실 환자가 되어, 소아응급실 의료진이 아니라 소아응급실 환자의 보호자가 되어 응급실을 조감해보니 이곳에서의 시간이 얼마나 상대적으로 또 절대적으로 흐르는지를 새삼 깨닫는다.

두 환자의 보호자가 동시에 다른 것을 요청하고 다른 보호자 한 명은 또 뒤에서 기다리고 있는 상황. 그 와중에 손가락으로는 간호 일지를 입력하며 입술은 순서대로 응대를 하고 있는 간호사, 취해서 온 외상 환자가 바로 옆에서 소리를 지르며 커튼을 이리저리 흔들어대도 아랑곳하지 않고 차분히 맞은편 환자의 신경학적 검사를 진행하는 응급의학과 전공의, 잇따르는 전원 문의 전화에 이곳저곳 병동의 사정을 조회하며 답을 하는 응급의학과 교수, 저쪽 바닥의 피를 닦기가 무섭게 다시 이쪽 바닥의 토사물을 닦으러 달려오는 청소 담당자까지 의료진의 시간은 눈코 뜰 새 없이 빠르게 내달렸다.

내 아이 이름은 이제 막 환자 명단에 떴지만 아이가 아픈 지는 벌써 세 시간이 넘었다. 이제 됐다 싶었는데 처음부터 다시 시작이라니… 내내 불안해하며 울먹이는 딸에게 병원 가면 괜찮아질 거라고 열 번이 넘게 말했는데…. 그럴 수 없다는 걸 알지만, 마치 병원 문턱만 밟으면 마법처럼 아픔이 사라지기라도 할 것처럼 아이는 커다란 병원 간판을 보는 순간 인내의 끈을 탁 놓았을 것이다. 응급실 문을 열고 들어가기만 하면 마치 긴 여행에서 돌아와 내 집 문을 열었을 때처럼 바로 편히 쉴 수 있으리라 기대했을 것이다. 그런데 내 아이가 환자로 인정받은 지는 이제 겨우 10분밖에 지나지 않았다.

우리뿐만이 아니었다. 바로 옆 침대의, 똑같이 팔을 다쳐서 온 젊은 여성의 보호자는 아파서 죽겠다고 소리 지르는 환자를 겨우 달래며 간호사를 붙잡고 물어볼까 말까 서너 번은 더 전전긍긍 망설이는 것 같았다. 침대 위의 취객이 질러대는 소리에 머리가 아픈 건 의료진만이 아니었다. 통증 때문에 이미 지칠 대로 지친 환자들에게 바로 옆에서 들려오는 소음은 상상하기 힘든 고통일 것 같았다.

너무 많은 가능성과 위험과 기회비용의 선택지들 사이에서 숨 가쁘게 흘러가는 것이 의료진의 시간이라면, 다른 한쪽에는 아무것도 보이지 않는 캄캄함과 끝을 알 수 없는 느림을 견뎌야 하는 환자의 시간이 있었다. 당사자가 되고 보니 어느 쪽도 감히 쉽다고 말할 수 없고, 어느 쪽도 차마 하찮다 여기기 어렵다.

소아청소년과와 응급실이 붕괴하고 있는 지금, 쇠망의 한가운데에서 미움받고 있는 의사들의 뒷모습과 오해받는 현대의학의 그림자를 안타까워하던 나는, 오늘 하루 보호자로서 응급실을 경험한 뒤 스스로를 돌아보게 되었다. 의료와 의료진에 대한 기대가 있기에 오히려 불만을 갖게 되고, 병원을 들어서며 안심했기에 역설적으로 더욱 불안해하는 환자들. 현실적으로 환자들의 바람을 다 채워줄 수는 없지만 매 순간 최선을 다하고자 애쓰고 애정을 쏟았기에 더욱 배신감을 느끼는 의료진. 고요한 바닷속 한 공간에 있지만 여간해서는 섞이지 않는 한류와 난류처럼 엇갈리는 우리의 시간들.

응급실 한구석에 앉아 그 모두를 바라보며 생각했다. 상대방의 속도와 시간을 이해하기 위해 우리에게 조금만 더 서로를 오래 관찰할 수 있는 기회가 허락된다면 좋을 텐데….

의료진에게 조금 더 쉽고 자세하게 설명할 시간과 공감을 표현할 여유가 주어지기를, 환자들에게는 의료진의 입장을 조금 더 이해하고 전문가의 결정을 따를 믿음이 자리하기를, 의료진과 환자 모두를 도울 적절한 제도와 자원과 인식이 건강하게 회복되기를.

한류와 난류가 만나 더욱 풍성해지는 조경 수역처럼 환자와 의료인이 서로를 이해하는 아름다운 의료의 바다에서 찬란한 물고기들을 함께 건져올릴 수 있기를 바란다.

강 중류의 의사들

항해의 ————— 비밀

✳   소아응급실의 밤은 바다와도 같다.

쓰나미 같은 환자가 들어와 단 한 명만으로도 응급실이 초토화되는 밤이 있는가 하면, 잔파도 같은 소소한 경환들이 무수히 줄지어 들어오는 날도 있다. 잔파도인 줄 알고 나섰다가 암초를 만나기도 하고, 저녁의 붉은 서녘노을을 믿고 떠났다가 예상치 못한 폭풍우를 맞닥뜨리기도 한다. 검은 바다 속에는 무엇이 숨어 있을지 알 수 없고, 하늘은 난데없는 순간에 비를 뿌린다. 항해는 깊고 멀수록 더 어렵고 위험해지게 마련이다.

이곳은 낡고 작은 구명정.

낚싯대와 작살 하나만을 지닌 채 나는 언제나 혼자 떠나야 한다. 뭍의 등대는 이미 보이지 않은 지 오래, 손에는 오래된 항해 지도와 나침반이 있지만 바다는 사람의 뜻대로 움직여주지 않는다.

의지해야 하는 것은 구름 사이로 희미하게 보이는 북극성, 손끝에 닿는 바닷물 온도와 미묘한 해류의 움직임, 수없이 바다로 나오며 깨우친 온몸의 감각뿐이다. 분명히 누군가에게 잘 배웠으나 말과 글로 설명하기는 어렵고, 똑같이 가르쳐주기는 더욱 어려운 항해의 비밀. 아무리 애를 써 노를 젓는다 해도 오늘밤 또는 내일 밤 언제라도 이 구명정은 바닷속으로 가라앉을지 모른다.

신생아 두 명이 나란히 접수되었다. 둘 다 미열이 있고 평소와 달리 보챈다고 했다.

혈압, 맥박, 호흡수, 체온 같은 활력징후도 두 아이가 거의 같았기에 환자 명단에 뜬 순서대로 이름을 불렀다.

생후 28일.

아이는 개구리처럼 몸을 웅크린 채 용을 썼다. 얼굴은 발개졌다가 뽀얘지기를 반복했고 속싸개를 벗기자 팔을 푸드덕, 하며 놀란 듯 움직였다. 조심하느라 손을 비벼 데우고 천천히 움직였지만 내 손이 닿을 때마다 아기는 몸을 꼬며 낑낑대더니 이내 큰소리로 울음을 터뜨렸다. 급히 배와 가슴을 속싸개 한 겹으로 덮어주고 살짝 몸을 누르듯 몇 번 토닥거리자 아기는 곧 조용해졌다.

폐 소리는 깨끗하고 가슴의 움직임은 부드러웠지만 심장에서 잡음이 아주 크게 들렸다. 청진기를 떼지 않은 채 엄마에게 눈짓을 보내자 "아, 잡음, 다음 주에 심장 초음파를 보기로 했어요." 하는 대답이 돌아왔다.

아기는 혈색이 좋고 체중이 충분히 늘고 있었으며 잘 먹고 활발하게 움직였으므로 크게 걱정할 것은 없었다.

"집으로 데리고 가 평소처럼 돌보시되 예약되어 있는 심장 초음파는 꼭 확인하세요. 안녕, 귀여운 아가."

그리고 두 번째 환자가 들어왔다.

생후 23일.

누워 있는 아기의 자세가 이상하다.

전반적으로 근육 긴장도가 떨어져 있고 적절한 자세를 취하지 못한다. 혈색이 나쁜 정도는 아니었으나 응시하는 눈빛이나 눈꺼풀의 깜박임이 부자연스러웠다. 한 번씩 불쑥 움직이는 팔과 다리나 간간이 입맛을 다시며 멍해지는 얼굴도 신생아의 일반적인 모습이 아니었다.

호흡은 안정적이었으나 심장에서는 작게 잡음이 들렸다. 수유량은 제법 줄어 오늘은 평소 먹던 양의 절반 정도밖에 먹지 못했다고 했다. 활력징후는 모두 정상이고 37.5℃의 체온도 신생아임을 고려하면 큰 문제는 아니었다. 호흡곤란이 있거나 구토를 한 것도 아니고 기침 콧물 같은 가벼운 증상조차 없으니 객관적인 지표로만 평가하자면 심장 잡음 외에는 특별한 이상이 없다고도 할 수 있었다.

그러나 아기는 태어난 지 3주를 겨우 넘긴 상태였고, 뇌와 심장을 포함해 신생아 시기의 중한 병들은 아무도 예상할 수 없는 형태로 나타나곤 하기 때문에, (심지어 큰 아이들에 비해 그 빈도도 대단히 잦다.) 아기가 다시 활발히 움직이며 잘 먹고 애매한 증상들이 사라지는 것을 확인할 때까지 병원에 입원시켜 지켜볼 필요가 있었다. 더욱이 경련이 의심되는 움직임에 흔하지 않은 위치와 패턴의 심장 잡음까지 동반되어 있으니 아마도 몇 가지 검사가 더 필요할 것이다. 말로 하기엔 모호하고 장황하지만 신생아의 증상이란 언제나 그런 식이고, 그렇기에 신생아의 안녕은 누구도 자만할 수 없다.

"어머니, 입원시키시는 게 좋겠어요."

나는 다양한 근거를 들어 자세히 설명하고 여러 말로 거듭 설득했다. 그러나 보호자는 미열이 걱정되어서 왔을 뿐이고 그것 자체는 큰 문제가 아닌데 왜 자꾸 입원을 강요하느냐며, 자의 퇴원 서류를 휘갈겨 쓰고는 끝내 아기를 데리고 떠났다. 외래도 잡지 않고 가버린 상황에서 내가 할 수 있는 건 사회사업실에 전화해 아기가 다시 병원에 올 수 있도록 연락해달라고 힘없는 요청을 남기는 것 고작 그뿐이었다.

그리고 정확히 열두 시간 뒤, 아기는 급격히 나빠진 상태로 119를 타고 다시 응급실로 왔다. 그때는 이미 누가 보아도 심각한 상태여서 즉시 집중치료실로 입원해야 했다. 나는 나를 탓해야 할지 보호자를 탓해야 할지 알 수 없는 마음이 되었다.

비바람이 지나갔다.

어떤 바위는 말갛게 반짝이지만 단단하지 못한 사구는 깊은 바닷속으로 사라져버리기도 한다. 맑은 날의 고요한 바다 위에서 멀리 볼 때는 그중 어느 것이 안전한 바위인지 알 수 없다. 멀리서 물고기 떼가 몰려오지만 그것이 풍요로운 귀환을 약속해줄 정어리 떼인지 나를 해하고 집어삼킬 상어인지 확신할 수 없다. 많은 전문지식이 글과 그림으로 세상에 나와 있지만 여전히 많은 것들은 경험에 의존해야 한다. 일반의 언어로 쉽게 설득할 수 없는 것, '상식'으로 간단히 이해되지 않는 것이 세상에는 너무나 많다. 뗏목 하나 모는 게 뻔하지 뭐, 세상은 쉽게 말하지만 온갖 장비와 모니터가 붙은 대형 선박보다 오롯이 돛 하나에 의지해야 하는 뗏목의 항해가 더 쉬울 리 만무하다. 그 중심에 있는 존재가 말로써 본인의 증상을 표현하지 못하는 어린아이일 때는 더욱 그렇다.

소아청소년과 전문의를 지원하는 전공의들이 사라지고 있다. 정확히 5년째, 간격이 고른 계단처럼 착착 줄어드는 전공의 숫자는 똑같은 숫자로 착착 줄어드는 소아청소년과 전문의의 예고편이다. 아이의 혈색, 숨소리, 목소리 하나로도 위험을 잡아낼 수 있도록 수년에 걸쳐 이미 충분히 훈련된 전문의들마저 소아청소년과 진료 현장을 떠난다.

경험의 축적과 전수가 사라지는 소아청소년과, 노인이 사라지는 바다. 우리는 다시 먼바다로 나갈 수 있을까.

내가 되고 싶어 한 ─────── 의사는

✳   10여 년 전의 나는 산부인과와 외과를 꿈
꾸던 야심 많은 의대생이었다.

학생 실습 중이던 어느 날 밤, 병원에 남아 발표 준비를 하고
있는데 응급분만이 떴다며 전화가 왔다. 당시 내 교육을 담당하
던 레지던트 선생님이 "너 아직 분만 못 봤지? 병원이면 빨리
들어와서 어시스트하고 참관해."라고 하셨다.

그날 나는 태어나 처음으로 자연분만을 목도했고, 그 아름다
움과 숭고함에 가슴이 쿵쿵 뛰었다.

당시 3년차였던 무영등 아래의 레지던트 선생님은 마치 천상
의 생명을 이 땅으로 불러오는 제사장처럼 느껴졌다. 어두운

배경 가운데 밝게 빛나는 산모와 첫 울음을 터뜨리는 아기, 탯줄 사이로 비쳐 보이는 푸르스름한 혈관, 무표정한 눈매로 능숙하게 움직이는 간호사와 빛을 받아 반짝이는 수술기구들의 조화는 흡사 중세 명화의 한 장면과도 같이 나의 가슴과 뒤통수를 때렸다.

그래, 산부인과를 선택해야겠다.

그날 밤 분만장의 모습은 내 시선이 머물던 각도 그대로 한 장의 사진처럼 선명하게 남아 있다.

그리고 얼마 후 나는 외과로 갔다.

한창 회진을 준비하고 있었는데 응급수술이 생겨 회진이 미뤄지고 우리는 PK(실습 학생)실에서 대기하게 되었다. 해산하기 전 우리가 들은 교수님의 마지막 말은 "환자 젊다며! 해야지!"였다.

가망이 없다지만, 젊은 생명의 능력을 빌려서라도 실낱같은 가능성에 배팅해보자는 말씀이었다.

얼마 뒤 오늘 회진은 늦게 돌 테니 학생들은 퇴근해도 좋다는 연락이 왔다. 우리는 다음날 있을 발표 준비를 하다 밤늦게야 병원을 나섰다. 외과 의국을 지나는 길, 열린 문으로 우연히 교수님을 보게 되었다. 교수님은 어깨가 축 늘어진 채 고개를 숙이고 있었다. 수술 모자에 눌린 머리와 망연한 표정…. 교수님과 눈이 마주친 순간 우리는 바로 알았다. 환자가 잘못되었구나.

에너지 넘치는 몸짓에 둥글둥글 인상 좋은 이목구비로 학생들에게만큼은 항상 여유있게 웃어주던 분이었기에 그 슬픈 눈과 어깨가 너무나 낯설고 또 가슴이 아팠다.

다음날 전해 들은 사연은 이랬다. 아주 큰 교통사고가 있었고, 환자는 내부 손상과 출혈이 너무 심해 이미 어려운 상황이었다는 것이다. 젊은 청년이고 브레인과 심장이 아직 버티고 있으니 어떻게든 시도해보자, 하고 들어갔으나 누가 봐도 도저히 손을 쓸 수 없는 상태였다고 한다. 수술 중에 여러 번 심정지가 왔고 결국 Table Death(수술 중에 환자가 사망하는 것)를 맞은 환자의 몸을 굳이 혼자 마무리하고 나오셨다고. 아들뻘의 환자라 마음이 특히 더 안 좋으신 것 같다고.

슬픈 장면이었지만 나는 그것이 내가 아는 가장 멋있는 의사의 모습이라고 생각했다. 그러므로 나는 꼭 생명을 직접 다루는, 가급적 수술을 하는 의사가 되어야겠다고 다짐했다.

그러나 오래지 않아 나의 꿈은 허무하게 좌절되었다.

빈발하는 미주신경성 실신과 고질적 저혈압으로 수술방과 분만실에서 몇 번 쓰러진 뒤 나는 외과 계열 일은 할 수도 없고 해서도 안 되는 체력임을 깨달았다. 정신과와 내과에도 관심이 있었지만 가뜩이나 썩 명랑한 편이 못 되는 성격에 성인 중환자실의 어두움과 쓸쓸함, 폐쇄병동에서 느낀 개인적인 비현실감이 나로 하여금 성인 환자 보기를 망설이게 했다.

때마침, 아프면 울고 안 아프면 웃고, 주사 맞기 싫어 거짓말을 해도 아픈 곳이 빤히 보이고, 꾀병을 부려도 마이쮸 하나면 안 아픈 게 뻔히 보이는 아이들의 유리알 같음에 반해 소아과 의사가 되기로 했다.

이것이 내가 소아청소년과를 선택하게 된 이유.

내가 바이탈과 주변에서 맴돌았던 이유.

그날, 산모가 참관을 거부하거나 애초에 많은 과정에 학생이 배제되어 분만 한 번 제대로 보지 못한 채 의사가 되었다면 나는 산부인과를 꿈꿀 일이 없었을 것이다.

그날, 그냥 두면 어차피 사고로 죽은 것이 될 텐데 괜한 사명감이나 열정으로 배를 열었다가 고소를 당하거나 배상을 해야 할 수도 있다는 공포가 선배 의사들의 눈빛에 잠시라도 머물렀다면 외과를 꿈꿀 일도 없었을 것이다.

어린 의대생을 꿈꾸게 하고 가슴 뛰게 하는 것은 돈이나 명예가 아니라, 망설임 없이 환자에게 직진하고 그 업으로 자부심과 책임감을 갖는 선배들의 모습이었다.

그동안 이곳에서는 도대체 무슨 일이 일어난 걸까.

과연 의사들만 한날한시에 사명감을 다 잃어버린 걸까.

정말 그렇다면, 그 이유는 뭘까.

하고 싶지만 할 수 없는 말들이 점점 많아진다.

사족

제가 가장 안타깝게 여기는 것은 '돈 되는 성형외과, 피부과만 해서'라는 표현입니다. '비필수과'라는 것은 존재하지 않습니다. 꼭 '내외산소정(내과, 외과, 산부인과, 소아과, 정신과를 이르는 말 ; 편집자 주)'이나 응급수술을 하는 과가 아니더라도 피부과, 성형외과, 정형외과, 안과, 비뇨기과, 재활의학과, 예방의학과, 산업의학과 등이 우리의 삶을 얼마나 안전하고 윤택하게 만들어주는지 한 번이라도 필요한 때에 도움을 받아본 적이 있는 분이라면 아시리라 믿습니다.

모든 진료과는 나름의 필요와 목적이 있으며 모든 의사는 나름의 뜻과 소신이 있습니다. 이런 점에서 의사들의 의지는 순수하게 존중받아야 하고, 그렇게 될 때 이 나라의 의료는 모두에게 선한 방향으로 회복될 것입니다.

도망자 · 1

✷　　　　　　　그만둬야겠다고 생각했다.

　미래에 뭐가 있을지는 모르겠지만 내일도 이렇게 살아야 한다면 머리가 어떻게 돼버리고 말 것 같아.

　그래서, 그만두기로 했다.

　14층의 당직실.

　불 꺼진 병동은 고요했고 어느 방에선가 규칙적으로 울리는 모니터 소리만 이명처럼 번지고 있었다. 아마도 어제 중환자실에서 급하게 밀려올라온 아기의 방에서 나는 소리이리라. 소리가 단정한 걸 보니 아이는 편안하게 잘 자고 있는 모양이었다.

　어둑한 엘리베이터홀을 지나 간호사 스테이션 뒤쪽 회진 준비 공간으로 갔다. 화면 보호기가 천천히 움직이는 컴퓨터 앞에 앉아 지금부터 무엇을 해야 할지 생각했다. 내가 주치의로 보고 있는 환자는 22명, 지금 시각은 새벽 세 시 반.

Off-duty Note(주치의가 바뀔 때 이전 주치의가 환자의 내용을 요약해 다음 주치의에게 인계하는 기록)를 써야겠다. 치프 선생님이 다 알고 계시겠지만 주치의들끼리 인계해야 할 잡다한 내용들은 또 있게 마련이니. 그리고 해가 뜨기 전에 나는 이곳에서 사라져야지. 아침이 되면 전화기도 꺼버릴 거야.

그런데 아무리 써도 써도 차트 작성이 끝나지 않는다. 열 건쯤 썼을 때 듀티가 바뀌어 간호사들이 인계하는 소리가 들렸다. 몇몇 병실에서는 아이들이 깨어 우는 소리도 났지만 아직 써야 할 노트는 반도 넘게 남아 있었다. 하, 망했네.

6시 30분.

7시에는 당직 보고가 있으니 쓰던 노트를 일단 접고 당장 급한 당직 일지부터 정리하기 시작했다.

6시 50분.

봉지 커피 두 개를 한꺼번에 타 몇 모금에 들이켜고 환자 명단을 뽑아 회진 준비를 시작했다.

하, 망할, 내가 이럴 줄 알았어. 새벽에 나갔어야 했는데.

7시.

당직 보고를 마치자마자 회진이 시작되었다. 띄엄띄엄 있는 Off-duty Note 때문에 나가려는 걸 들키면 어쩌지, 전전긍긍하는 마음 따위가 민망할 정도로 내게는 아무도 신경 쓰지 않았다. 그렇게 평소와 다름없던 회진이 끝났다.

9시.

아무것도 바뀌지 않은 하루가 또다시 시작되었다.

치프 선생님과 모여 앉아 교수님의 지시 및 달라진 검사 결과에 맞추어 처방들을 수정했고, 보호자의 남은 질문을 듣기 위해 혼자 미니 회진을 한 번 더 돌았다. 그리고 몇몇 환자의 경과를 기록했다.

치프 선생님은 아무 말 없이 밥 먹으러 가자, 하며 우리를 지하 식당으로 데려가셨다. 나는 우거지 갈비탕 한 그릇을 싹 비웠다. 평소와 다른 것은 치프 선생님이 "요즘 할 만해?" 하며 아이스크림을 하나씩 더 사주셨다는 것뿐.

그것이 나의 첫 탈출 시도이자 첫 실패였다.

소아청소년과 전공의 시절의 공공연한 비밀이라면, 힘들어 죽겠다고 노래를 부르지만 아침 회진이 끝나고 오후 신환이 오기 전까지 일주일에 한두 번 정도는 30분~1시간 정도 낮잠 시간이 주어진다는 것. 낮 시간 내내 수술실에 매여 있어야 하는 외과 계통 친구들은 꿈도 못 꿀 장점이었다.

아이스크림을 먹으며 우리는 14층으로 올라왔고, 나는 당직실 침대에 몸을 뉘었다. 곧 신환들이 올라오겠군. 우와, 오늘은 중간 콜만 안 오면 운 좋게 두 시간도 잘 수 있겠다.

하지만 어쩐 일인지 잠이 오지 않았다. 나 왜 여기 누워 있지? 오늘은 꼭 나가야 하는데, 곧 신환들이 올 텐데, 하긴 몇 시간만 지나면 오늘은 오프(퇴근해서 호출을 받지 않고 잘 수 있는 날)이긴 해, Admission Note(신환 입원 기록)까지만 일단 쓰고 나갈까? 그런데 어제 Off-duty 쓰다 보니 그 녀석은 정말 고생 많이 했는데 너무 잘됐다, 이렇게 좋아질 줄은 몰랐는데 애들 몸은 역시 신기해⋯. 꼬리에 꼬리를 무는 생각들.

그러다 첫 번째 호출이 왔다.

"선생님, 신환요!"

아무 정보도 없이 불쑥 왔다 끊기는 전화.

기지개를 켰다. 아이스크림 하나면 일단 머리가 어떻게 되지는 않는구나, ○○의 CT 판독 결과가 궁금하긴 한데 오늘 안 나오나, 오후 회진은 돌고 나가야 하나, 오늘 당직은 ○○언닌데 노트도 안 써놓고 도망가면 아마 엄청 화낼 거야…. 창문 밖을 10초 정도 내다보다 양치를 하고 당직실 문을 열었다.

스테이션으로 나가 익숙한 화면에 로그인하는 순간 나는 바로 깨달았다. 당분간은, 일단은, 도망칠 수 없으리란 걸. 나에게는 아이스크림을 사주는 치프 선생님이 있었고, 잘하면 낮잠도 잘 수 있는 오후의 휴식이 있었고, 차트 안 쓰고 도망가면 쫓아와서라도 혼낼 동기들이 있었고, 아직 궁금한 아이들이 있었고, 내가 받으리란 걸 의심하지 않고 몇 번이고 전화해 닦달해주는 간호사들이 있었다.

그러니까 아직은 좀 더 버틸 수 있을 것 같아.

그만두기로 마음먹었으나 차마 발이 떨어지지 않던 그날 오후의 고요가 이따금 생각난다. 육아를 할 때도 응급실에 와서도…. 가끔 몰아치는 일상에 머리 위 하늘이 파삭, 하고 깨질 것 같아 도망가고만 싶을 때면 그때처럼 가만 누워 내가 가진 것들을 생각한다.

이 순간 나에게는 아이스크림 같은 위로를 건네주는 가족과 친구들이 있고, 힘들다고는 하지만 차분히 앉아 글을 써내려가는 나의 시간이 있다. 그 시절 내가 이불 속에 숨어 낮잠을 자던 순간에도 수술실마다 빼곡히 서서 뜬눈으로 많은 걸 배우던, 그래서 오늘도 쉬지 않고 직접 생명을 구해내는 수많은 동료들이 있다.

더 큰 위험을 감수하면서도 자리를 지키는 NICU(신생아 집중치료실) 선생님들이 있고, 출근하면 반가워하며 장난쳐주는 간호사들이 있다. 저 문으로 들어오는 환자들이 이 순간 나를 필요로 하고, 나로 인해 다행을 느끼는 보호자들이 있다.

그렇게, 나는 오늘도 도망에 실패했다.

✳   파견지의 업무는 강도가 높았다.

그해 울산에는 뇌수막염이 감기처럼 유행했고, 우리는 응급실로 몰려온 아이들을 한 줄로 세워둔 채 기계처럼 뇌척수강 천자 시술을 했다.

백혈병과 뇌종양마저 마치 전염병인 양 하루걸러 하루씩 신환이 생겨났다. 뭐 이런 여름이 다 있나 싶을 만큼 몸도 마음도 시들시들 지쳐갔다. 몸은 힘들고, 마음은 외롭고, 머리는 괴롭고, 많이 아픈 아이들을 돌보는 일은 더 이상 즐겁지 않았다.

그래, 파견지에서 인력을 뺄 수는 없으니 서울로 돌아가면 바로 그만두겠다고 말해야지. 그럼 Off-duty Note 쓰느라 도망에 실패하는 일도 없을 거야. 파견 마치고 돌아가면 이전 주치의가 잘 정리해둔 인계 노트가 있을 테니!

그리고 나는 복귀했다.

본원으로 돌아와 전해 받은 명단에는 내가 특별히 아끼는 이름이 있었다. 희귀 증후군을 진단받은 지 얼마 되지 않아 자주 입퇴원을 하던, 나를 유난히 좋아하던 아이였다. 아이는 아직 말을 하지 못하는 어린 나이였는데 내가 나타나면 온 얼굴에 침을 묻혀가며 꺅꺅 들뜬 소리를 내었다. 간이 좋지 않아 초콜릿색에 가까운 얼굴빛을 하고 있었지만 방실방실 웃을 때면 아기는 환하게 빛이 났다. 그때는 무슨 이유에서인지 며칠째 아예 걷지를 못해 소아신경과와 정형외과, 재활의학과까지 협진을 의뢰해둔 상태였다. 밤늦게 서울에 도착해 병실에 갔을 때는 아기도 엄마도 곤히 잠들어 있었다. 내일 인사는 하고 헤어져야겠지, 그런데 왜 못 걸을까? 왜 안 걸었어 ○○아? 나는 조심조심 아기의 발만 한 번 잡아주고는 조용히 병실을 나왔다.

아침이 되었다. 나는 회진 후에 병원을 떠나기로 했다. 아직 아무에게도 말은 못 했지만, 아무튼 그러기로 했다. 오늘은 꼭 나갈 거야.

아기는 검사실에 가느라 침대째 자리를 비웠고, 나는 아쉬운 마음으로 회진을 마무리했다. 그런데 오전 업무를 마치고 스테이션으로 나왔을 때 아기가 스테이션 가장자리의 넓은 테이블 위에 앉아 있는 것이 보였다. 아기는 나를 보자마자 벌떡 일어서더니 안아달라고 두 팔을 벌렸다. 엄마와 나는 깜짝 놀라 눈이 휘둥그레졌다. 나는 아이가 떨어질까 얼른 붙잡는 엄마에게 바닥에 아이를 세워보라는 눈빛을 보냈다. 곧 아기는 자기가 할 수 있는 한 빠르게, 뒤뚱뒤뚱 원래의 엉거주춤한 걸음을 보이며 한달음에 내게로 달려와 안겼다.

"어? 우리 ○○이 걸을 수 있네! 잘 걷네!"

아이는 햇살처럼 환하게 웃으며 내 얼굴을 세게 때렸다.

원인 모르던 아이의 보행 불능은 그렇게 조금은 허무하게 끝이 났다. 협진 의뢰는 모두 취소되었고 아이는 다음 날까지 기다릴 것 없이 바로 퇴원을 하기로 했다. 아침에 한 검사는 당연히 특별한 이상이 없다는 결과가 나왔고, 아이는 손을 흔들며 병원을 나섰다. 아이 엄마는 나에게 다음에도 또 선생님이 주치의면 좋겠다며, 그럼 아이가 아프지 않을 것 같다고 말했다.

아니, 이러면 내가 오늘 그만둘 수가 없잖아.

아니지, 다음에 또 ○○이가 입원할 때까지는 그만두면 안 되는 거지. 다음에 또 만나, 하고 내 입으로 먼저 말했으니까. 그러면 그때 또 아이는 바이바이, 하며 다시 오겠다 하겠지.

그렇게 나의 탈출은 다시 실패했다.

내가 치료한 것은 아니지만 아무튼 아이는 내 품에서 나아졌고, 나를 다시 보러 오겠다고 손을 흔들었다. 언젠가 내가 정말로 저 아이를 치료할 수 있게 된다면 어떨까. 그건 정말 소름 돋을 만큼 행복한 일일 거야.

그날 이후 나는 더 이상 도망치지 않기로 했다. 아이들을 돌보는 일이, 아픈 아이들을 위해 공부하고 고민하고 치료하는 일이, 그래서 건강해지는 모습을 보는 일이 진심으로 좋아졌기 때문에.

이건 소아청소년과 의사가 아니면 할 수 없는 아주 특별한 경험이다. 치료하는 내내 사심 가득 담아 아이들의 보들보들한 손가락을 만지고, 상담하는 내내 욕심껏 아이들의 눈을 들여다볼 수 있는 몇 안 되는 일이다. 세상에서 가장 소중하고 귀한 존재들에게 건강과 생명을 선물하는 일이고, 세상에서 우리만 할 수 있는 유일한 일이다.

그렇게 나는, 소아청소년과 의사가 되었다.

일을 쉽게 하는 ──────── 최고의 방법

✳

1. 잠자는 의학관의 이처자

학부 시절 나의 별명은 '이처자'였다. 맨날 처잔다고.

나는 조도와 소음과 기^既수면량에 상관 없이 언제 어디서나 머리만 대면 즉시 숙면을 취할 수 있는 특별한 능력을 갖고 있었다. 의대 공부가 힘들어서라고 하기에는 고등학교 때도 친구들이 내 기숙사 룸메이트에게 '너는 쟤 깨우는 걸로 봉사활동 점수라도 받아야 하는 거 아니냐' 했을 정도니 잠에 대해서만큼은 언제나 열렬한 구애자이자 지독한 패배자였다고 할 수밖에.

2. 그녀의 진급 비밀

우리 학교는 비교적 인간적이고 너그러운 편이라 매주 토요일 시험을 쳤다. (비인간적인 몇몇 학교는 무려 월요일 아침마다 단원 시험을 봤다고 한다.)

상술한 바와 같이 시험보다 잠이 우선이었던 나는 월, 화, 수, 목요일 아침까지 쭉 자다가 목요일 저녁이 되어서야 의학도서관에 나타나곤 했다. 내 책상 위에는 우리 학번에서 성적, 성품, 미모 모두 1등이던 어여쁜 나의 베프가 정리해서 복사해둔 노트 필기가 도착해 있었고, 밤늦게까지 함께 공부하다 대충 다시 졸 시간이 되면 친구들은 무슨 일탈하는 중학생들마냥 담배 피우러 같이 나가자며 나를 베란다로 끌고 가 자판기 커피와 츄파춥스를 물려주었다.

심지어 우리 학번에는 '전진추'라는 조직이 있었는데, 이는 '전원 진급 추진위원회'의 줄임말로 각자가 동아리에서 온갖 자료를 모아 오면 그 모든 족보와 기출문제들을 일목요연하게 정리해서 학교 앞 복사집에 맡기고 대가 없이 뿌림으로써 우리 학번 모두를 유급의 위기에서 구원하는 상위권 학생들의 자발적 움직임이었다.

그래서 나는 고백한다. 나를 의사로 만든 건 학교가 아니라 오직 나의 베프 S와 전진추 덕분이라고.

3. 의대냐 법대냐 그것이 문제로다

내 고등학교 친구들은 대부분 의대 아니면 법대로 진학했기에 의대 공부와 사시 공부 중 어느 쪽이 더 어려운가 또는 어디가 더 공부량이 많은가 하는 얘기를 종종 나누곤 했다.

내 친구들은 대체로 센 척하길 좋아하는 놈들이어서 오히려 본인의 분야가 더 할 만하다고 말하는 편이었는데, 나는 그럴 때마다 한 치의 망설임도 없이 의대 공부 쪽이 비교도 안 되게 수월할 거라고 말했다. 왜냐하면 너희는 각자 따로 공부하지만 우리는 옆에서 멱살 잡고 끌고 가거든. 너희는 시험도 붙는 사람, 못 붙는 사람이 따로 있지만 우리는 국시 합격률이 낮으면 대충 연대책임을 지는 데다 학번 이름에 먹칠하는 게 되고 무엇보다 같이 술 마실 사람이 없어지기 때문에 무조건 함께 가야 한다고. 그러니 당연히 의대가 더 할 만하지.

4. 도망가면 안 돼

그런 경험은 외딴곳의 인턴이 되었을 때도 유효했다.

첫 달을 정형외과 인턴으로 돌면서 2주간 퇴근 없이 풀 당직을 서느라 말 그대로 죽어가고 있을 때 '내일 환자 명단은 내가 미리 만들어놨어. 도망가면 안 돼'라고 적은 포스트잇을 파일에 붙여준 동기를 나는 아직도 잊지 못한다.

내가 일했던 병원의 내과 인턴은 병동의 모든 콜을 1차로 받고 걸러 레지던트 선생님에게 전달하는 역할을 맡고 있었다. 유난히 더웠던 그해 여름, 흉관을 삽입한 자리가 불편하니 다시 드레싱을 해달라며 밤새 나를 불러대던 환자가 있었다. 덕분에 기숙사 침대에는 닷새가 넘도록 누워보지도 못하고 간호사실 뒤 처치용 침대에서 쪽잠을 자야 했다. 그때 삐삐 잠시 줘봐, 하며 내 호출기를 빼앗아가더니 "저기 회의실에 매트리스 하나 있더라. 두 시간 동안은 콜 내가 받는다." 하며 쿨하게 사라진 동기의 뒷모습도 여전히 생생하게 기억한다.

네 시간이 훌쩍 지나 소스라치듯 깰 때까지도 그는 나를 찾지 않았다. 깜짝 놀라 스테이션으로 달려가자 아무 일 없었다는 듯 콜 몇 개 없던데, 하고는 유유히 사라졌지.

그러므로 우리는 할 수 있었다.

주 100시간을 넘게, 말도 안 되게 130, 140시간을 일한 적도 많았지만 함께함으로 우리는 버텨낼 수 있었다.

5. 히포크라테스 선서

널리 알려진 제네바 선언과 다르게 히포크라테스 선서 원문에는 환자보다 스승과 동료에 대한 내용이 더 많이 언급된다. 환자를 치료하는 것 중 으뜸은 함께 일하는 동료를 신뢰하는 것. (히포크라테스 선서는 고대 그리스 의사였던 히포크라테스가 말한 의료인의 윤리적 지침인데, 오늘날은 그것을 수정한 제네바 선언이 일반적으로 낭독되고 있다. 우리나라에서 의과대학을 졸업할 때 쓰이는 선서문도 제네바 선언이다. ; 편집자 주)

네가 열심히 일하고 공부하고 배우는 걸 봤어. 그래서 네가 정당한 자격을 갖추었다는 걸 알아. 그러니 네가 전문가라는 걸 인정해. 'Do No Harm(환자에게 해를 끼치지 말라)'은 너의 가치이자 나의 가치이니 내가 그런 것처럼 환자를 향한 너의 행동에도 악의가 있을 수 없다는 걸 믿어. 그러니 우리의 진심을 다해 같이 해보자.

우리는 그렇게 배웠고, 나는 나의 동료들을 마음 깊이 믿는다. 그것이 '의사로 사는 삶'의 가장 큰 축복이다.

6. 팔을 굽히지 못하는 이들의 천국을 위하여

팔을 굽히지 못하는 사람들이 있는데 그들 중 일부는 지옥에 가고 일부는 천국에 간다고 한다. 곧은 팔로는 내 입에 밥을 넣지 못하니 모두가 굶주리는 곳이 지옥, 곧은 팔로 상대방의 입에 밥을 넣어주니 모두가 배부른 곳이 바로 천국.

점점 아무도 믿지 못하게 되는 저신뢰 사회의 그늘을 보며 우리가 돌아갈 길은 없는지 고민한다. 서로를 돕기보다 일분 일초 내 몫을 챙겨야 하는 슬픈 다음 세대들을 보며 우리가 회복할 수 있는 동료애는 없는지 돌아본다. 병원 안에서도 병원 밖에서도 일의 환경은 점점 나아지고 있지만 일의 내용은 수월해지지 않고 있는 것 같은 느낌.

나의 약함이, 너의 빈틈이, 그래서 생기는 서로 도울 수 있는 기회가, 그러므로 어쩔 수 없이 협력해야만 하는 환경이 서로의 짐을 덜어주는 가장 좋은 방법임을 부디 많은 사람이 알아차리면 좋겠다.

그날 ─────── 이태원

✳   수련의 시절, 간호사들은 나를 종종 '유관
순'이라고 불렀다. 전생에 뭔가 좋은 일을 한 게 틀림없다며.

 상태가 좋지 않은 환자가 내 앞으로 입원하거나 주치의 배정
이 나로 바뀌면 그 환자들은 내가 뭘 한 것도 없는데 병세가 나
아지곤 했다. 특별히 내가 뭘 잘해서가 아니라, 정말 아무 이유
모르게 그렇게 되었다. 그런 걸 병원에서는 흔히 '내공'이라 한다.

 다행인 상황도 많았고 아쉽거나 안타까운 일들도 있었지만
아무튼 나는 열한 명의 같은 연차 전공의 중 언제나 내공이 좋
은 편에 속했다.

 그리고 나는 적당한 경험을 가진, 험한 일을 비교적 덜 겪은

무난한 소아청소년과 의사가 되었다.

우리 연차에서 가장 내공이 좋지 않은 동기 언니가 있었다.

그녀는 우리 의국을 통틀어 가장 성실하고 똑똑했으며 언제
나 모든 환자와 상황에 최선을 다했다. 그런데 그녀에게는 유난
히도 어려운 환자들이 많이 배정되었다.

그녀의 주치의 담당 차례에 태어나는 신생아들은 여차하면
초극소 저체중 미숙아이거나 태어난 순간부터 밤새 붙어 있어
야 하는 선천성 질환을 가진 아이들이었고, 그녀의 당직날에는
마치 기다렸다는 듯 이곳저곳에서 예측 못 한 일들이 일어났다.

그리고 그녀는 그 일들을 다 감당해냈고, 그 많은 어려운 환
자와 질병과 예외를 다 공부했다. 그리하여 단언컨대 나보다 훨
씬 더 많은 경험과 풍부한 지식을 가진 탁월한 소아청소년과
의사가 되었다.

병원에서는 환자가 사망하면 Mortality Conference(사망/손
상 환자 연구 집담회)가 열린다.

이걸 왜 이렇게 했어?

아침 결과에서 미리 예상을 했어야지.

전후 피지컬(진찰 소견) 확인 제대로 했어?

기록을 왜 이따위로 해?

니가 그러고도 소아과 의사야?

　내용을 모르는 사람이 들으면 마치 누군가 일부러 큰 잘못을
했거나 뭔가 마땅히 해야 할 일들을 안 해서 환자가 죽은 것
같이 느껴질 테지만 그렇지 않다. 대부분은 그것이 그 시점에
할 수 있는 최선이었고, 그 순간 그 자리에서는 도저히 예측하
거나 피할 수 없었기에 미래를 다 알고 돌아가지 않는 한 다시
선택할 수밖에 없는 차선들이다.

　그렇기에 우리는 반복한다.

　설명되지 않는 죽음 또는 짚고 넘어가야 할 사건 사고 앞에
서 주치의의 판단과 간호사의 움직임과 병원 시스템의 흐름을
총체적으로 점검해 다음에는 단 하나라도 더 잘하기 위해, '이
일을 겪은 의료진'을 조금 더 훈련된 팀으로 키우기 위해, 그래
서 내일은 좀 더 많은 아이들을 살려내기 위해.

　손에 피를 묻힌 채 망연자실해 보고, 내 환자의 주검 앞에서
가족과 부둥켜안고 울어도 보고, 과정에 실수는 없었는지, 더
잘할 수 있는 여지는 정말 없었는지 거세게 질타당하고 밤새

혼자 자책하며 좌절해본 의사가 훨씬 더 훌륭하게 성장하는 것을 우리는 아주 많이 보았다.

세상에는 많은 일이 일어나고, 그런 일들은 대개 반복된다.

온갖 불행한 사건 사고와 자연재해들은 잊을 만하면 한 번씩 나타나 우리의 넋을 놓게 만든다. 그러나 그 황망함 가운데서도 우리가 잊지 말아야 할 것은 여전히 대부분의 사람들이 각자의 자리에서 최선을 다해 하루하루를 일구어나가고 있다는 사실이다.

큰 일이 벌어졌을 때 누군가를 지목하여 책임을 묻고 버리는 것은 어쩌면 가장 쉬운 방법일 수 있다. 어쩌면 그렇게 하는 것이 사람들의 슬픔과 분노에 짧은 위로가 될지도 모른다. 그러나 우리는 그 일로 큰 배움과 경험을 얻은 베테랑들을 잃고 만다. 그러면 우리의 내일은 다시 전전긍긍 눈치 보는 초심자들의 손에 놓인다.

함부로 벌하고 내치기보다 함께 고민하고 나누는 마음, 쉽게 아무에게나 비수를 꽂기보다 실패와 절망의 경험을 서로 진심으로 위로하고 존중하며 격려하는 몸짓. 지금 우리에게 필요한 것은 바로 이런 태도가 아닐까.

각자의 역할과 직업에 실린 책임감과 사명을 믿고, 내가 위험에 처했을 때 도와줄 누군가가 있음을 믿는 일. 나 자신도 어려움에 처한 이웃이 있다면 도와주고 싶을 만큼은 선하다는 것을 믿고, 믿어지지 않는 순간에도, 슬픔이 이 땅을 해일처럼 덮치는 순간에조차 '그럼에도 불구하고' 한 번 더 서로를 믿어주는 일.

오늘은 깊은 슬픔이 넘실대지만 내일은 이 믿음이 우리를 지탱해줄 것을 믿는다.

2022년 10월의 이태원을 추모하며

강 중류의 ———— 의사들

✻　　　　　　2022년 겨울의 일이다.

"아니 언니, 애들이 정말 이상해졌다니까요! 어떻게 된 일인
지 할 줄 아는 게 없어요. 예전 전공의들은 2년차만 되어도 날
아다녔는데 말이에요. 요즘 의대는 날고 기어야 간다더니 이건
무슨, 해가 갈수록 능력치가 떨어지는 것 같아요."

"그러게. 예전엔 안 그랬는데 그동안 도대체 뭐가 달라진 건
지, 쯧쯧."

가뜩이나 바쁜 역병의 한가운데서 우리는 한숨을 쉬며 고개
만 가로저었다.

진료란 청진기로 소리를 듣고 불빛을 비춰 목을 들여다보는

데서 끝나는 것이 아니다. 진료에는 신체 검진을 넘어 환자들이 말해주지 않는 증상과 사인을 잡아내는 기술이 중요하며, 서로 다른 보호자의 성향이나 요구에 맞게 적절한 표현으로 설명하는 요령 또한 필수적이다. 의사소통에 어려움이 있을 때 어떻게든 이해할 수 있도록 전문적인 내용을 쉬운 말로 재구성하고, 당장 시행할 검사와 남겨둘 검사를 적절히 배분해 진단 접근의 순서와 범위를 결정하는 묘를 즉석에서 동시다발적으로 수행해야 하는 일이기도 하다.

안타깝게도 그런 내용들은 교과서에도 매뉴얼에도 대개는 잘 나와 있지 않다. 물론 다 아는 상태로 다시 책을 펼치면 방대한 의학 교과서 구석구석에 들어 있기는 하다. 다만 그 지식을 혼자 공부해 현실에 적용하기란 거의 불가능하다. 마치 거대한 물감통과 붓만 안겨주면 미켈란젤로처럼 명작을 완성해낼 수 있을 거란 기대와도 같달까.

아무리 좋은 재료와 도록이 있더라도 혼자만의 시간으로 완성되는 예술가는 없다. 좋은 선생님을 만나 그의 방식을 오래 관찰하며 따라 그려도 보고, 직접 붓을 잡지 않는 시간에도 앞서 남긴 이들이 세상을 보는 방식을 모방하여 같게 또 다르게 구상해보기도 해야 한다. 아무 의미 없어 보이는 화실 청소와 붓 빨래를 하면서 자신이 모르는 사이 몸속으로 온갖 경험이 물들어오는 무수한 시간을 통과하며 차곡차곡 쌓여가는 것이 안목이다. 그것이 그 세계의 사람으로 흡수되고 받아들여지는 방식이기도 하다.

의사들의 일도 그렇다. 진료란 대체로 창의성보다 보수적인 정확성이 더 필요한 영역이지만, 실제 현장에서는 똑떨어지는 사실적 지식만큼이나 경험으로부터 얻는 능숙함과 촉이 결정적인 역할을 할 때가 많다. 학교에서 배운 수많은 지식이 머릿속에 들어 있다 할지라도 현장에서 몸으로 배우고 익히지 않으면 구슬은 결코 꿰어지지 않는다.

우리가 전공의들과 일하는 내내 어김없이 귀를 쫑긋 세우고 수시로 차트를 열어보며 토끼몰이 하듯 그들의 뒤를 쫓는 것도 같은 이유에서다. 저들이 이미 다 알고 있는 내용을 앞뒤로 꿸지 옆으로 꿸지 또는 건너뛰고 엮을지를 틀리지 않도록 알려주는 것이 상급자들의 역할이자 의무다. 그래야 내일의 의사들이 지금보다 더 잘할 수 있으니까. 오직 이것만이 의학이 전수되는 특별하고도 유일한 방식이요 다른 길은 없다.

바로 그 지점이 코로나 시대의 빈틈이었다.

내가 일하는 소아응급실은 책상 두 개가 서로 마주 보고 두 명이 동시에 진료를 볼 수 있는 구조로 되어 있다. 아주 바쁠 때는 양쪽에서 동시에 볼 때도 있지만, 보통은 환자들의 사생활 보호를 위해 가급적 교차하여 진료를 본다. 가령 내가 진료를 보고 있으면 내 앞의 전공의가 이전 환자 차팅(기록)을 하고, 내가 먼저 본 환자의 의무기록이나 처방을 입력하고 있으면 전공의가 그다음 환자를 진료하는 식이다. 그러니 내가 환자를 진찰하고 보호자에게 설명하는 과정은 전공의에게 실전 그대로 전달된다. 나와 함께 근무했던 전공의들은 비슷한 증상의 환자를 볼 때 나의 진찰 순서와 설명을 표현 하나 토씨 하나까지도 비슷하게 활용하곤 했다.

재미있는 것은 나와 같은 병원에서 수련을 받은 다른 교수님의 설명과 차팅 또한 나의 그것과 거의 똑같다는 점이다. 가끔 환자의 의무기록을 보다 보면 내가 쓴 것인가 하는 순간 그분의 이름이 눈에 띌 때가 있다. 우리는 같은 선생님들께 배웠고, 여전히 그 방식대로 환자를 보고 있으며, 그 방식이 지금의 전공의들에게도 똑같이 전달된다. 거기에 다른 교수님들의 방식이 더해지고, 좋은 것들이 남고, 효율적인 것들이 합쳐진다. 우리 응급실의 소아 진료는 그렇게 책상 위의 공기와 남겨진 차팅을 통해 위에서 아래로 흘러가고 있었다.

그런데 역병이 생각보다 너무 길었다. 코로나가 휩쓸고 지나간 것은 환자들의 몸뿐만이 아니었다.

열이 나거나 호흡기 증상이 있는 모든 환자들을 1인 격리실로 보내고 거기에 의사 한 사람만 들어가니 전공의나 간호사들이 진료를 직접 볼 기회가 현저히 줄었다. 어린 환자들에게 가장 많은 것이 발열과 호흡기 증상인데 코로나 시절의 전공의들은 그 과정을 충분히 관찰할 기회를 가질 수 없었다. 같은 이유로, 전공의들이 보고 있는 진료의 내용을 내가 직접 모니터링하고 끼어들어 가르칠 시간 또한 턱없이 모자랐다. 나름대로 전공의들의 차팅을 수시로 열어보고 신경 쓰이는 부분이 있는 환자는 대부분 다시 가서 진료를 보았지만, 그 모든 과정은 아무튼 각각의 독립된 사건으로 격리된 채 진행되었다.

그렇게 3년이 흘렀다.

환자는 너무 많았고, 우리는 너무 바빴고, 교육은 산으로 갔으며, 전공의들은 어려운 상황에서도 어떻게든 배우느라 고군분투, 서로가 답답한 밤들이 수없이 지나갔다.

그리고 드디어 그 시대가 막을 내렸다.

3년 만의 마스크 착용 해제로 기존의 온갖 호흡기 바이러스들이 봉인 풀린 듯 창궐했다. 태어나서부터 줄곧 마스크를 쓰느라 외부 자극에 노출될 기회가 거의 없었던 아이들의 면역력은 처참하기 그지없었다. 전국의 소아청소년과는 몇 년 만에 분주해졌고 소아응급실은 그만큼 더 바빠졌다.

여느 때와 똑같은 방식으로 돌아가는 응급실. 우리의 대화에도 별다른 변화는 없었다.

그런데 전공의들의 진료 내용이 일취월장하기 시작했다. 아이 한번 키워보지 않은 전공의가 능숙하게 육아에 대한 설명을 해냈고, 보채는 아이나 아이를 잘 붙잡지 못하는 보호자를 다루는 솜씨도 나날이 늘어갔다. 특별히 신경 써서 더 가르쳐준 것은 없었다. 다만 한 가지 달라진 것은 거의 모든 종류의 진료 과정을 전공의 앞에서 보여줄 수 있게 되었다는 점이다. 마스크만 잘 쓰고 있다면 열이 나는 환자건 기침을 하는 환자건 함께 있는 공간에서 다 볼 수 있었다. 그러니 나의 모든 움직임과 설명은 전공의들 앞에서 라이브 실내극처럼 펼쳐져 그들의 망막과 고막에 그대로 전사되었다. 그리고 그들은 그 모든 것을 마른 스펀지처럼 흡수했다.

부족한 것은 개인의 능력이 아니었다. 하나의 세계로 검증되어 들어온 사람들이라면 선배들이 해낸 일들을 결코 못 해낼 리가 없다. 부족한 것은 위 세대와 아래 세대 사이의 연결이요 전수의 양이었을 뿐.

우리는 고마워했고, 안도했고, 기뻐했다.

의학은 살아 움직이는 학문이다. 어제와 오늘이 명백히 다르고, 나날이 발전하지만 사람을 통하지 않고는 배울 도리가 없는 매우 특별한 도제徒弟의 방식으로 모든 기술이 전수된다. 그리고 모든 의사들은 이 순간에도 그 방법을 위로부터 흘려받고 아래로 흘려보내는 의학의 강, 그 중류에 있다.

그래서 우리는 안타까워한다. 가르쳐줄 사람들이 하나둘 떠나는 우리나라 중증 의료의 현실에 대하여. 또한 염려한다. 배울 사람들이 하나둘 사라져가는 우리나라 중증 의료의 미래에 대하여.

앞으로 10년이 지나면 정점에 오른 세계적 수준의 각 외과계 거장들이 하나둘 은퇴할 것이다. 가르쳐줄 것은 많으나 배울 사람은 현실의 벽 앞에서 사라져가고, 전수해야 할 내용은 많으나 그 전수의 과정은 의대생이나 전공의의 참관조차 허용하지 않는 환자들의 권리 속으로 사라져버렸다.

사람은 사라지고 책과 칼만 남은 병원의 책상 위, 우리의 내일은 오늘보다 건강할 수 있을까.

✳

Bed 1. 11개월/남

보호자가 미쳤나 봐. 쟤를 데려가겠대! 호흡곤란으로 꺽꺽대는 애를 어딜 데려가?!

Bed 5. 18세/여

뭐라고? 열여덟 살인데 2주 전에 분만했다고?

보호자는요? 엄마? 다행히 집에서 산후조리가 되는 모양이네.

일단 베드 하나 먼저 주고 좀 누워 있으라고 하세요.

내가 가서 볼게요. 힘들겠네, 애가….

Bed 8. 2세 3개월 / 여

하, 2번방 보호자 진짜 진상.

내가 애 때문에 참는다 진짜.

근데 조금만 더 데리고 있다 보낼게요. 쟤 아직 가면 안 돼.

애매하면 차라리 입원을 시키든가….

아우, 드러워서 못해먹겠네!

미안, 여러분 파이팅! 커피 마실래요?

Bed 3. 9개월 / 남

와! 근데 쟤 진짜 귀엽지 않아요? 흐흐흐.

하루의 피로를 날려주는 귀요미가 왔네!

아오, 완전 귀여워, 헤헤헤.

Bed 2. 12세 / 여

아니, 저 사람 친보호자 맞대요?

왜 애를 치료하다 말고 자꾸 데려가려고 해?

뭐라고요? 또 간다고? 아니 도대체 몇 번째야….

저기요 어머니, 본인은 아파 죽겠는데 남편이 괜찮아 보인다고
자꾸 수액 뽑고 집에 가자고 하면 좋겠어요?

하…, 쟤 좀 오며 가며 잘 봐주세요.

애가 엄마 눈치를 엄청 보네요. 속상해 죽겠네.

Bed 7. 5세/남

집이 어디예요? ○○? 아… 너무 먼데….

근처에 제일 가까운 병원은 어디예요?

거기 응급실 있어요? 소아도 보나요? 다행이네.

큰애가 집에 혼자 있다 그러셔서 일단 퇴실은 하는데 아침에 꼭 진료 다시 보시고 계속 그러면 근처 병원에라도 입원시키는 게 좋아요.

오늘 밤에 딱 붙어서 잘 보셔야 해요, 꼭!

여차하면 바로 오시고. 알겠죠? 약속했어요!

이것은 우리의 이야기

드라마 속 의사들은 도대체 어디 있느냐며, 너희는 왜 돈만 밝히고 편한 것만 하려고 하느냐며 환자에게 냉랭하고 보호자에게 무례하다고 욕먹는 우리들의 이야기.

비현실적으로 느껴질 만큼 따뜻한 메디컬 드라마를 보며 사람들은 "저런 의사가 어디 있어? 모두 판타지"라고 이야기했지만 우리는 알고 있었다.

저 모든 대사는 우리의 단톡방에, 간호부와 주고받는 인트라 넷 메신저에, 환자 보호자 몰래 스테이션 뒤에 숨어 속닥거리는 짧은 수다 속에 언제나 있다는 걸.

하루하루 스쳐가는 일상의 마음과 감정들을 드라마 속 의사들처럼 풍부하고 솔직하게(정확히는 오글거리고 생색나게) 표현하지는 않지만(그래서도 안 되고), 저 마음이 무엇인지 가장 잘 아는 사람들은 아이러니하게도 그들로 인해 더욱 욕먹는 의사들일 것이다.

젊은 의사들이 사명감 없이 돈 잘 버는 과만 선택한다고들 말이 많은데, 사실 소아청소년과에는 항상 마니아층이 있었다.

물론 드라마 속 잘생긴 의사처럼 "저는 아이들을 너무 사랑해요. 아이들을 위해 인생을 바치고 싶어요."라고 드러내놓고 말하지는 않는다.

어우, 난 어른은 무서워서 못 보겠어. 애들은 할 만하지. 귀엽고, 깨끗하고…. 어른들보다 경과도 빠르고 금방 낫고, 안 아프면 바로 티 나고, 사실 애들은 토하고 똥 싸도 별로 안 더럽잖아.

그렇게 현실의 언어로 낄낄대며 그들은 조용히 소아청소년과를 택했다.

그런데 그 공고하던 마니아들의 마음이 무너지고 스러져 이제는 돌이킬 수가 없게 되었다. 아이가 좋아 소아청소년과를 선택했던, 혹은 선택하고 싶어 했던 어린 의사들은 마녀사냥과 형사처벌 등으로 인해 본인의 삶과 가정을 지켜내기 어려울 수도 있다는 두려움에 싸여 조용히 소아 진료를 포기하고 있다.

그게 두려우면 의사 하지 말아야지.

그래서, 안 하게 되었다. 정말 두려워서.

그래서 대한민국에서는 이제 중증의 소아 진료는 정상적으로 받을 수 없게 되었다.

어제 50대 후반의 소아청소년과 교수님이 전공의 없이 혼자 야간병동 당직을 서다, 이물을 삼켜 내원한 8개월 아기를 보러 새벽 두 시에 응급실로 내려오셨다.

"아기 점막 상태가 썩 좋지가 않으니 하루는 입원을 시켜서 봐야겠죠?"

희미하게 웃으며 내게 수고하라고 말씀하시더니 양쪽 무릎을 잡고 영차, 하며 일어나 병동으로 올라가셨다.

저분들이 과연 몇 년을 더 버틸 수 있을까. 아직 젊고 자녀들이 어려 병원에서 살 수는 없는 주니어 스태프들부터 이탈하기 시작하는데.

우리 병원은 비교적 상황이 나은 편, 주변의 소아응급실들은 하나둘 문을 닫기 시작한 지 오래다. 그러니 갈 곳 없는 환자들은 전국 곳곳에서 밀물처럼 우리에게 떠밀려오고 이는 우리 응급실의 환자 집중과 과밀, 곧 의료 인력과 진료 자원의 부족으로 이어진다. 자연히 우리 병원 역시 버티기 어려운 곳에서부터 구멍이 생긴다. 병원에 도착할 수 있다면 그나마 다행이다. 전국 병원에 소아의 입원과 수술은 고사하고 응급실 진료를 위한 전원조차 어려워 구급차에 탄 채 길 위를 떠도는 환자들이 점점 늘어나고 있다.

소아청소년과 전공의가 없으니 펠로우(전임의. 소아청소년과 전문의를 취득한 후 각 세부 영역을 더 심도 있게 배우기 위해 해당 분과에서 공부와 연구, 진료를 계속하는 의사. 소아심장, 소아신경, 소아호흡기알레르기, 소아내분비, 소아소화기영양, 소아신장, 소아혈액종양, 소아감염, 신생아학, 소아중환자의학, 소아응급의학 등이 이에 해당한다. 외과계에서는 소아외과, 소아흉부외과, 소아정형외과, 소아신경외과, 소아성형외과, 소아안과 등이 있다 ; 편집자 주)는 당연히 없고, 10년 안에 소아 세부분과 진료를 볼 수 있는 의사는 완전히 자취를 감출 것이다.

2023년 발표된 전공의 지원율 앞에서 정작 소아청소년과 의사들은 말이 없다.

너무나도 당연해서, 정말로 할 말이 없어서.

그리고 서로에게 자조적으로 말한다. 애 빨리 키워, 열다섯 살이라도 빨리 넘겨, 다쳐도 아파도 진짜 의사가 없어.

우리도 다 환자고 보호자인데 망했네.

드라마 속 따뜻한 마음을 가진 '슬기로운 의사'들은 대한민국 어디에도 없다고 환자들은 호소하지만, 사실 그들 모두 현실의 말과 행동으로 병원 구석구석에 숨어 있다.

부디 현실 감각 없는 소아청소년과 마니아들이, 쓸데없이 공명심 넘치는 흉부외과 마니아들이, 태아의 심장 소리만 들어도 좋아 죽는 산부인과 마니아들이, 프라모델 오타쿠처럼 작은 장기와 선천성 기형에 집착하는 소아외과 마니아들이 이 땅에서 사라지지 않기를 바란다.

드라마 속 의사들은 ─────── 어디 있을까 · 2

진료 차트엔 못 쓰는 이야기

✻　　　　　　소아응급실의 진료 구역 컴퓨터에는 창이
다섯 개 띄워져 있다. 의무 기록을 입력하는 창, 투약이나 지시
등의 처방을 입력하는 창, 영상검사 사진을 보여주는 창, 잘 정
리된 최신 의료 지견을 쉽게 검색할 수 있도록 모아둔 의학 포
털사이트 그리고 메신저.

　환자에 대한 내용이 가장 많이 포함되어 있는 것은 의무 기
록창이다. 우리는 그곳에 환자의 첫인상부터 치료 계획에 이르
기까지 기록할 수 있는 모든 것을 약속된 언어로 자세히 적어
놓는다. 처방을 등록하는 창에는 약물의 이름과 용량, 농도, 속
도, 적용되어야 할 처치의 이름과 내용 등을 최대한 상세하게

입력한다. 간호부에서는 입력된 처방에 따라 투약과 간호 처치를 수행하며 그 내용은 다시 투약 기록과 간호 일지로 남는다. 엑스레이나 CT 등 영상 검사를 시행한 환자들의 결과를 확인하기 위해 간간이 영상전송시스템창을 열기도 하고, 까다로운 병의 세부 내용이나 자주 쓰지 않아 기억이 확실하지 않은 약의 용량 등을 확인하기 위해 논문 검색창을 활용하기도 한다.

그중 유일하게 알람이 설정되어 있는 창이 있는데 그것이 바로 '메신저'다. 의사와 의사 사이, 의사와 간호사 사이 또는 여러 명에게 한 번에 전달할 수 있도록 단체 대화방으로 열어둔 곳도 있다. 처방창으로 입력해두었지만 더 자세한 과정이 필요하다거나, 기록으로 남길 만한 내용은 아니지만 꼭 전달하고 싶은 내용 등이 메신저 대화의 대부분을 이룬다. 그리고 종종 우리 사이의 공공연한 비밀, 남몰래 나누는 내밀한 이야기들도.

얼마 전, 소아중환자실에 아이를 입원시킨 한 어머니가 우연히 CCTV 앱에 녹화된 간호사들의 애정 어린 목소리를 공개해 훈훈한 화제가 된 적이 있다. 사람들은 너무나 따뜻한 이야기라며 칭찬을 했지만 소아 병동에서 그런 모습을 보는 것은 실은 드문 일이 아니다.

그곳은 마침 예전에 내가 일했던 병원의 소아중환자실이었다. 벽과 난간, 잠깐 스쳐 보인 침대 시트와 환자복만으로도 단번에 알 수 있었다. 우리는 그곳에서 아픈 아이들과 함께 생활하며 아이들을 먹이고, 재우고, 약을 주고, 등을 두드리고, 키우고 결국은 어디론가 떠나보냈다. 아이들이 도착한 곳은 부디 따뜻한 집, 안전한 부모의 품이길 바랐지만 때로는 그렇지 않은 경우도 있었다. 어떤 아이들은 보육시설로, 또 어떤 아이들은 이 세상이 아닌 곳으로 떠나기도 했다.

아이들을 떠나보낼 때면 우리는 먼 길 가는 자식을 보는 것처럼 감격해하기도, 슬퍼하기도, 아파하기도 했다. 아이 건강이 좋아지면 함께 기뻐했고, 아이가 나빠지거나 혹은 돌아오지 못하는 길을 떠났을 때 우리는 함께 울었다.

병원 생활을 오래 하는 아이들과는 정이 많이 들기도 했다. 병원에서 나고 자란 것이나 다름없는 아이들에게는 백일잔치나 돌잔치를 열어 축하해주었지만, 엄마 아빠가 기다리는 집으로 가자, 라는 진심 어린 당부도 잊지 않았다. 간호사들은 하루 한두 번의 면회로는 아쉬움을 달랠 길 없을 부모님들을 위해 바쁜 일과를 쪼개어 정성스레 쓴 육아일기를 건네기도 했다.

그뿐인가. 아이들 곁에는 협의 진료를 보러 온 다른 과 의료진도 있었다. 그들은 자기 환자도 아닌 아이를 시도 때도 없이 찾아와 한참을 바라보다 소리 없이 사라지곤 했다. 그들이 기록으로 남긴 것은 노트 한 장, 답변 몇 줄에 불과하지만 우리는 알고 있었다. 그 몇 줄 사이에 얼마나 많은 고민과 배려가 숨어 있는지.

새벽마다 엑스레이를 찍으러 오는 영상의학과 기사님들은 또 어떤가. 아이들이 잠에서 깰까, 수액줄 하나라도 건드릴까 숨까지 참아가며 아이들을 조심조심 다루었다. 간혹 재정적으로나 사회적으로 어려움이 있는 가정을 위해 면담을 나오는 사회복지사들은 주치의와 이야기하는 내내 아기의 호두알만 한 손을 쓰다듬으며 한숨을 나누곤 했다.

한 아이를 키우는 데는 온 마을이 필요하다고 했던가. 우리에게 한 아이의 치료는 중환자실의 모든 의사와 간호사는 물론 수많은 지원부서들까지, 온 병원이 함께 손을 잡는 일이었다.

그러나 그런 이야기는 어디에도 남지 않는다. 오늘은 혈색이 좋아졌네, 예뻐졌구나, 하며 말을 건네보지만 내가 남긴 의무 기록에는 '혈류 순환 상태가 좋은 분홍색 피부, 전일에 비해 호전됨'이라고 적힐 뿐이다. 왜 이렇게 살이 안 오르지, 좀 더 잘 먹으면 좋을 텐데, 속상해하며 수유 처방을 입력하지만 차트에는 '2시간 간격 15cc, 금일 체중 200g 감소'로 적어야만 한다. 하고 싶은 말은 많지만 의사가 쓸 수 있는 언어가 아니고, 전하고 싶은 이야기가 많지만 그것은 나에게 주어진 역할이 아닌 까닭이다.

눈에 보이는 기록은 법적으로 10년 동안 서버와 창고 안에 보관된다. 그러나 그동안 보이지 않는 우리의 마음은 아이가 곁에 머무는 내내, 어쩌면 아이가 우리의 기억 속에 머무는 내내 병실을 맴돌다 떠나고 문득 다시 피어나기를 반복한다.

"아이와 면담할 수 있게 엄마 좀…."

이런 경험은 정들 겨를도 없어 보이는 응급실이라고 해서 예외일 수 없다. 쉴 새 없이 알람을 울리며 전달되는 우리의 메신저 속에는 '2번 ○○○ 환자가 한 번 더 구토했습니다' 같은 담백한 사실도 있지만 '아빠가 다친 아이에게 너무 관심이 없고 관계도 불분명해 보여요. 더 확인을 해보아야 할까요?'처럼 보호자 앞에서는 차마 입 밖으로 내지 못하는 불안한 염려도 있다. '방금 온 보호자가 3분 만에 소리를 지르기 시작했어요. 오늘따라 보호자들이 너무하네요' 하며 솔직한 하소연을 주고받는 틈틈이 '아이가 엄마 앞이라 말을 잘 못하는 것 같아요. 따로 면담을 한 번 더 할 수 있게 엄마를 다른 곳으로 좀 불러내주시겠어요?'와 같은 우리만의 하얀 거짓말과 비밀이 오가기도 한다.

의학적으로는 잘 성장하고 있지만 아직 환자와의 관계에 능숙하지 못한 전공의들에게는 진료 너머의 내용들이 전달되는 통로가 되기도 한다. 김 선생, 설명은 맞지만 그렇게 표현하면 엄마가 너무 놀라지 않겠어? 박 선생, 저렇게 물려서 온 아이들은 반드시 다시 물려서 와요. 다른 가족들이 개를 두둔하는 걸 보니 환경 바꾸기는 쉽지 않을 것 같은데 반려견 관리에 대해서 다시 한 번 언급하는 게 좋겠어요.

중요하지만 숨겨야 하고, 존재하지만 들리지 않는 수많은 이야기들….

모든 마음이 환자와 보호자들에게 있는 그대로 전달될 수 있다면 우리도 드라마 속 의사들처럼 사랑받을 수 있을 텐데…, 한 번씩 아쉬운 순간이 없다면 거짓말이리라. 그러나 우리는 그 모든 말들을 감추어야 한다. 안타깝지만 응급실은 환자들이 밀물처럼 들고 썰물처럼 떠나는 곳이니 우리의 애정은 그 짧은 만남으로 인해 진정성을 오해받기도, 상처로 돌아오기도 하는 탓이다.

그러나 그보다 더 중요한 이유가 있다. 우리 마음속의 다정을 다 내어보이는 것은 결코 환자에게 도움이 되는 일이 아니기 때문이다. 위로하는 말은 때로 치료에의 의지를 유약하게 만든다. 배려의 단어들은 종종 냉철한 판단을 방해한다. 놀란 마음을 달래주고자 건넨 상냥한 말 때문에 보호자가 안일한 마음으로 치료를 중단하는 일도 있고, 한 스푼의 희망이라도 주고 싶어 에둘러 긍정적으로 덧칠한 표현이 질병에 대한 오해를 부르는 경우도 있다. 그러므로 우리는 애써 감정적인 표현을 삼가고 오해의 여지가 없을 만한 냉정한 단어들을 굳이 고른다. 그리고 그렇게 가라앉힌 마음은 다른 누구도 볼 수 없는, 어느 곳에도 남지 않는 메신저 속 활자로 조용하고도 분주하게 되살아난다.

아홉 살 큰아이가 집에 혼자 기다리고 있다고 하니 가능하면 빨리 보낼게요. 저쪽 자리가 너무 춥던데 이불 하나만 더 주시겠어요? 보호자가 검사를 안 하고 가겠다고 한다고요? 어휴, 애 상태가 지금 얼마나 심각한데. 다시 가서 설명할게요. 엄마가 만삭이던데 식사는 하셨나 모르겠네요.

친절한 드라마 속 의사들 덕분에 우리의 존재가 종종 비교당하고 비난받는 것을 안다. 그러나 역설적으로 그 멋진 드라마 속 의사들의 마음을 가장 잘 이해하는 것은 현장의 의료진이다. 감동적인 대사들 대신 건조한 설명만이 오가는 진료실이지만 그 마음은 우리의 메신저 행간, 조용히 주고받는 눈빛, 굳이 치료를 강요하거나 혹은 말리는 의사들의 고집 사이 어딘가에 언제나 숨어 있다.

음악을 업으로 여기는 사람이 악기를 다루는 것에 진심이듯, 평생을 전투기에 오른 조종사가 비행기의 엔진 소리를 사랑하듯, 의사들도 자신의 환자에 대해 그렇다. 서로가 서로의 일을 다 이해할 수는 없겠지만 내 환자가 잘되기를 바라는 진심을 알아주는 단 한 명을 위해, 아니 끝내 아무도 알아주지 않더라도 전문가의 양심을 걸고 최선을 다했노라 스스로 떳떳할 수 있기 위해 우리는 오늘도 메신저를 켠다.

Make ——————— a Wish

✳   Make-A-Wish 메이크어위시 재단의 이야기는
1980년, 경찰관이 되고 싶었던 일곱 살 소년 크리스 Christopher James Greicius 로부터 시작된다.

크리스는 백혈병으로 치료받고 있었는데, 가족과 친분이 있던 오스틴 Tommy Austin 경관이 크리스에게 경찰관이 될 수 있게 도와주겠노라 약속한다.

4월의 어느 날, 크리스의 병세가 갑자기 악화되었다. 의료진은 크리스에게 시간이 많이 남아 있지 않다고 했다. 크리스의 엄마는 오스틴 경관에게 이 사실을 알렸고, 그는 애리조나주 공공안전국 DPS 경찰들과 함께 '크리스의 날'을 만들어주기 위해 의

기투합한다.

4월 29일.

크리스는 명예경찰관이 되어 헬리콥터를 타고 경찰본부까지 갔으며, 세 척의 순양함과 경찰관들의 환대를 받으며 주 역사상 최초로 명예경찰 선서를 한다. 경찰관들의 부탁으로, 제복을 만드는 의상실에서는 세 명의 재봉사가 달려들어 단 하루 만에 크리스에게 맞춤제복을 지어주었다.

5월 1일.

크리스는 맞춤제복을 선물받았고, 경관들이 미리 준비해둔 배터리식 오토바이로 운전 숙련도 시험을 멋지게 통과해 날개 배지도 달았다.

5월 2일.

크리스는 병원으로 돌아갔다. 크리스가 언제나 볼 수 있는 곳에 경찰 제복과 헬멧, 캠페인용 카우보이 모자가 걸렸고, 공공 안전국의 자동차 담당 경관 프랭크^{Frank Shankwitz}는 크리스에게 오토바이 윙을 선물했다.

5월 3일.

크리스는 "엄마, 나는 이제 진짜 경찰관이 되었으니까 내가 하늘나라에서 엄마를 지켜줄게."라는 유언을 남기고 천사가 되었다. 크리스의 마지막 모습은 많은 사람에게 희망과 강인함, 기쁨이 함께하는 꿈의 실현으로 기억되었다.

1980년 4월 29일, 크리스의 행복했던 마지막 순간을 위해 크리스의 엄마 린다와 프랭크 경관은 난치병 소아 환자들의 소원을 이뤄주는 Make-A-Wish 재단을 설립한다.

마법사의 파란 별, Make-A-Wish 재단의 소원 등록을 위한 주치의 소견서에는 아이의 소원과 그 소원이 건강에 미치는 영향, 소원 성취 과정에서 발생할 수 있는 의학적 위험에 대한 고찰, 대처 방법을 작성하도록 되어 있다.

보통은 크리스처럼 장래희망을 미리 경험해보고 싶다거나 유명인을 만나고 싶어요, 게임기나 피아노를 가지고 싶어요, 놀이공원에 가고 싶어요 등의 소원을 빌지만, 가끔은 '뿌셔뿌셔 한 박스' 같은 소원도 있다. (그거 내가 사줄 테니 제발 다른 거 빌어, 라고 말하고 싶은 마음이 불쑥불쑥 올라오지만, 이 프로젝트의 목적은 백퍼센트 아이의 소원을 이루어주는 것이므로 우리는 입을 꼭 다

물고 참아야 한다!)

　나는 보험회사나 심사평가원의 터무니없는 심사를 위한 서류를 작성할 때면 귀찮아하며 자판을 두드렸지만, Make-A-Wish에 보내는 소견서를 쓸 때는 달랐다. 반드시 병실 침대나 병동의 책상에서 아이의 손을 잡고 동글동글 함께 손을 굴려 마음을 담아서 썼다. 내가 소원을 받아야 할 아이들은 대체로 초등학교 입학 직전의 꼬마들이었기에 소원을 쓰는 데 오랜 시간이 걸렸다. 글씨를 쓸 줄 아는 아이들은 직접 커다란 글씨로 삐뚤빼뚤 소원을 적었지만 아직 글씨를 쓸 줄 모르는 아이들은 내 손을 겹쳐 잡고 아주 천천히 글씨를 그렸다. 아이와 나란히 병실 침대에 앉아 식사용 탁자를 올려놓고 열 글자 남짓을 쓰는 시간은 나에게 가장 행복하고도 슬픈 순간이었다.

　아이들은 소원을 들어주겠다는 말을 듣는 순간부터 소원을 쓸 때 그리고 소원이 이루어질 때까지 내내 행복해했다. 소원을 써내려가는 순간 그 글씨들은 이미 눈앞에 반짝거리는 환상으로 나타나 아이들을 웃음짓게 했다. 오랜만에 꿈에 부풀어 생동하는 아이들의 눈동자는 마치 좀 더 희망을 가져도 좋다는 허락인 양 우리의 마음도 덩달아 설레게 했다.

　아이들의 소원은 결코 거창하지 않았다. 언제나 꿈과 희망 그 자체였다. 내가 지금 원하는 것, 내가 되고 싶은 것, 내가 닮고 싶은 나의 영웅, 내 오늘의 기쁨을 향해 있었다. 바이올린을 배우고 싶고, 발레리나가 되고 싶고, 동경하는 올림픽 챔피언을 만나고 싶고, 놀이공원에서 하루를 보낸 뒤 불꽃놀이를 보고 싶다고 했다. 다른 사람과의 비교는 존재하지 않았고 먼 미래에 대한 막연한 걱정이나 혹시 모를 실패에 대한 염려도 찾아볼 수 없었다. 아이들의 소원을 읽으며 나는 내가 누리지 못하는 오늘과 나의 부질없는 꿈을 반성했다.

개중에는 내가 개인적으로 해줄 수 있는 것, 도울 수 있는 것, 그리고 재단이 해줄 수 있는 많은 일들이 있었지만 아이의 건강 때문에 할 수 없는 것들도 있었다.

아무리 약을 써도 백혈구 수치가 오르지 않아 항암 치료 스케줄마저 지지부진 늘어지고 있는 아이들에게 놀이공원 가기나 영화관 구경 같은 것은 너무 위험한 소원이었다. (백혈구 감소증이 심한 상황에서는 사람이 많은 곳에 가서는 안 된다.) 그래서 우리는 불꽃놀이를 위해 손잡고 기도하고, 뽀로로 극장판을 위해 손잡고 기도했다. ANC(절대호중구수)가 1000이 넘으면 바로 갈 수 있게 해줄게. 선생님이 모자도 사줄게. 약속해.

농구를 배우고 싶어 했지만 골육종 수술 때문에 움직이는 게 쉽지 않았던 사내아이와는 치료가 잘 끝나면 병원 학교의 책상을 붙여놓고 함께 탁구를 치기로 했다. 사실 탁구를 칠 줄 모르는데 "선생님은 탁구를 너만 할 때부터 아주 많이 쳤어."라고 거짓말도 했다. 그래서 주말에 일을 일찍 마치게 되면 탁구를 배우러 가야지, 라고 생각했다. 내 마음을 홀딱 빼앗아간 버킷림프종 꼬마에게는 빨간색 클립 파일을 주기로 약속했다.

"클립을 엄지손가락으로 눌러 열 수 있을 만큼 힘이 세지면 이 파일을 네게 선물로 줄게."

그렇게 아이들과의 약속이 점점 많아졌다.

소아청소년과 의사로 내가 아이들에게 줄 수 있는 건 무엇인지, 아이들이 나를 통해 보는 세상은 어떤 모습일지…. 아이들과의 약속이 늘어갈수록 착잡함도 커졌다. 내 가운 자락에 하나씩 무거운 추가 달리는 것만 같았다. 그러나 추가 늘어갈수록 나는 나의 마음이 이 소아 병동에 깊이 뿌리내리고 있음을 알았다. 내가 해야 할 일이 무엇인지도 조금은 알 것 같았다.

모든 순간에 내가 할 수 있는 일을 하는 것, 아이들에게 필요한 일이라면 못 본 체하지 않는 것, 이 아이들을 위해 끊임없이 나를 돌아보며 신께 기도하는 것. 그 모든 것이 내가 지녀야 할 지혜이자 책임이자 사명이었다.

나의 아이들이 하나둘 늘어간다. 응급실로 옮긴 지 이미 여러 해라 이제 오래 볼 수 있는 나만의 환자는 없지만, 여전히 아이들은 우리의 손을 거쳐갈 것이고 그곳에는 웃음과 희망이 남을 것이다. 내가 매일 마음에 두고 가슴에 담는 아이들이 축복이고, 기적이다.

Visit [Make-A-Wish Foundation] : www.wish.or.kr

확률과 —————— 통계

*

1. 확률과 통계

동전을 던진다.

앞면이 나올 확률은 2분의 1.

수없이 던지다 보면 언젠가는 0.5의 확률로 수렴하겠지만 단 두 번의 기회에 어김없이 정확히 앞면 한 번, 뒷면 한 번이 나오는 것은 아니다.

주사위를 던지면 숫자 6이 나올 확률은 6분의 1.

확률은 그렇다지만 아무리 애를 쓰고 기도하며 던진다 한들 여섯 번에 한 번을 빠짐없이 꼬박꼬박 내가 원하는 숫자가 나오지는 않을 것이다.

당구를 예로 들어보자.

잘하면 넣을 수 있지만 잘 안 될 수도 있다. 웬만하면 잘 들어가던 각도인데 유독 안 풀리는 날이 있고, 가능성이 별로 없어 보이지만 '후루꾸'로 들어가서 역전을 안겨주는 날이 있다. 평소 300, 500을 치던 사람도 모든 공을 매번 똑같이 치거나 매일 어김없이 같은 점수를 내지는 않기 때문이다.

대체로 그러하지만 분명히 안 되기도 하는 것들을 우리는 '확률' 또는 '가능성'이라고 부르기로 했다.

2. 천벌로 죽은 사람들

500년 전, 충수돌기염(맹장염)은 아마도 대부분 죽는 병이었을 것이다.

뒷집 아무개가 며칠 배가 아프더니 열병으로 죽었대.

300년 전, 세균성 뇌수막염 역시 아마도 거의 다 죽는 병이었을 것이다.

옆집 개똥이가 머리가 아프다더니 열병으로 죽었대.

그 시절 패혈증이나 뇌출혈도 아마 거의 다 죽는 병이었을 것이다.

건넛마을 갓난아이가, 대장간집 김씨 아재가 갑자기 죽었대.

치료는 고사하고 진단명도 원인도 모르던 시절, 사람들은 그 것을 천벌이고 팔자이며 업보라고 여겼다.

3. 무능하고 느슨한 의사 이야기

나는 한 번 출근할 때 40명에서 80명 정도의 환자를 본다. 현 대의학의 정확도가 90퍼센트라고 치고, 내가 그중 가장 뛰어난 의사라고 가정하더라도 나는 아마 진료때마다 4명 내지는 8명 의 환자에게 무언가 완벽하지 않은 진료와 처방을 할 것이다.

심지어 내가 보는 환자들은 어린아이들이고 응급실에서는 대 개 5분 안에 환자의 전신 상태를 신속히 파악해야 하는데, 나는 그 시점에 이 세상에 존재하는 모든 약과 기구들을 다 활용할 수도 없다. 그러니 정확도는 더 떨어지겠지.

최근 모든 검사 결과가 정상이었고 심지어 증상마저 호전되어 퇴원했지만 퇴원 후 다시 상태가 나빠진 아이의 사례를 두고 법원이 의사에게 형사처벌과 배상을 명령한 바 있다. '최선의 진 료를 하지 않았다'는 것이 이유였다. 그 판결을 듣고 응급실에 서 근무하는 의사들은 모두 비슷한 고민에 빠졌다.

작금의 여론과 판례들을 보고 있자면, 국민과 재판부는 그 어떤 합병증과 후유증도 의사의 고의나 부주의로 인한 '가해'라고 생각하는 것이 아닌가 느껴질 정도다. 의사들의 모든 의료 행위의 목적은 환자를 낫게 함이며 의사와 환자는 한 팀이다, 라는 생각은 우리만의 착각인가 싶어 참담할 때도 있다.

솔직히 말하자면 세상이 원하는 '과실 없는' 진료를 하는 방법은 사실 대단히 쉽고 간단하며 안전하기까지 하다. 환자가 아니라, 의사에게. 그러나 그렇게 하지 않는 데는 이유가 있다. 배가 아파서 온 아이에게 연령으로 인한 방사능의 위험, 아이가 반복해서 겪어야 할 검사 과정의 두려움과 통증, 부모가 지출하게 될 의료비용 등을 고려하지 않은 채 처음부터 진단에 도움이 될 수도 있다고 알려진 모든 종류의 검사를 다 시행한다면 내가 책임져야 할 과실은 줄일 수 있을 것이다. 하지만 보통 우리는 그렇게 하지 않는다. 증상의 진행 시기와 정도, 속도는 모두 다르고 아이가 감당할 수 있는 검사의 종류도 모두 다르기 때문이다. 여기에 검사 시기와 방법에 따라 아이와 가족에게 발생할 득실도 따져야 한다.

그러므로 나는 심한 구토로 응급실에 와 초기에 탈수 증상이 있던 아이라도 여간해서는 퇴원 전 혈액검사를 다시 하지 않는다. 아이 혈색이 좋아지고, 구토가 멎어 잘 먹기 시작하고, 소변을 잘 보기 시작했다면 굳이 힘들어하는 아이에게 또 주삿바늘을 찔러 탈수가 교정되었는지 볼 이유가 대개는 없기 때문이다.

배가 아파서 온 아이도 마찬가지다. 수액과 약을 주고 관찰하다가 증상과 전신 상태가 호전되고 진찰에 특별한 이상이 보이지 않는다면 굳이 초음파를 다시 권하거나 CT를 또 찍지 않는다. 경과를 보다가 그대로 퇴원시키는 경우가 더 많다.

심지어 다소 질병이 진행할 것 같은 상황에서도 보호자나 형제자매의 사정으로 입원이 어렵다 하면 전후 사정과 병원 접근성을 확인해 근처 병원에서 진료를 연계하도록 한다. 위험할 수 있는 증상에 대해 교육한 뒤 이상이 있으면 바로 다시 와야 한다고 일러두고 집으로 보내기도 한다.

우리의 진료 상황은 백퍼센트 이상적일 수 없으며 100명의 환자는 100가지 모양으로 다 다르다. 따라서 나의 의학적 판단은 교과서적으로 완벽할 수 없고 그래서도 안 된다. 그러므로 나는 언제나 법적으로 허술하고 해이한 의사다.

4. 고라니를 피하는 열 가지 방법

'의료사고'라고 불리는 많은 사건을 비의료인과 언론, 법률은 마치 대낮에 멀쩡히 횡단보도를 건너던 사람을 의사가 과속운

전 또는 음주운전으로 친 것처럼 표현한다. 그러나 현장에서 의료란 어쩌면 깜깜한 산길을 더듬어 가는 동안 불쑥 튀어나오는 고라니를 피하는 일에 더 가깝다.

어린아이나 임산부의 충수돌기는 비 오는 밤에 검은 우비를 입고 왕복 16차선 도로를 무단횡단하는 사람의 그림자처럼 그 모양도 위치도 가늠이 잘 안 된다.

확률이 70퍼센트라는 건 운전을 잘하는 상위 30퍼센트였다면 무조건 피할 수 있었을 일을 31퍼센트였기 때문에 죽인 게 아니라, 누가 운전을 했건 정상적인 운전면허를 가진 사람이 일반적인 운전상의 주의를 기울였을 때 30퍼센트의 상황에서는 어떻게 해도 사고를 피하기 어렵다는 것을 뜻한다.

그리고 그 30퍼센트가 처한 현실에서의 선택은 빈 도로에 튀어나오는 고라니를 치지 않기 위해 핸들을 오른쪽으로 꺾을 것인가 왼쪽으로 꺾을 것인가의 문제가 아니라, 왼쪽에서는 고라니가 튀어나오고 오른쪽에는 절벽이 있는데 급커브 도로를 앞에 둔 채로 뒤에는 다른 차가 따라오고 있는 상황에서 핸들을 어느 쪽으로 꺾을지, 꺾을지 말지, 차를 세울지 그대로 돌진할지를 결정하는 일에 가깝다.

다 지나고 한가하게 CCTV 보며 판단하는 건 쉽다. 여기 왼쪽

60도 각도에 빈 공간이 있었네, 전방 주시를 더 철저히 했다면 피할 수 있었을 텐데, 너의 판단과 반응 속도가 더 빨랐다면 고라니는 살 수 있었을 텐데…. 그러니 실력 없는 너는 감옥에 가야겠구나.

5. 불멸의 인간

모든 인간은 죽는다.

우리가 모든 과정을 빠짐없이 이해할 수는 없지만 모든 사람은 어느 순간에 어떠한 이유로든 반드시 죽는다. 사람 목숨이란 알면 알수록 종잡을 수가 없는 것이어서, 아무리 애를 쓰고 할 수 있는 모든 걸 한다 해도 하루아침에 스러져버리는가 하면, 이런 상황을 견디고도 살아내는구나 싶을 정도로 경이롭고 숭고한 생명력을 보여줄 때도 있다.

의료의 역할은 그 과정을 가능한 한 돌이켜보고, 주어진 상태에서 최대한 나은 결과를 이끌어내고, 가급적 덜 상한 상태로 사람의 몸을 지켜내는 것이다.

수백 년 전 살릴 확률이 0퍼센트였던 병이 현재 30퍼센트가 되었다는 건 의사들이 열 번 시도할 때 여전히 일곱 명은 구하지 못한다는 뜻이기도 하다.

현대의학이 70퍼센트의 유효성과 능력을 가졌다면 아무리 유능한 의사와 팀이 무슨 짓을 한다 해도 30퍼센트의 환자나 질병은 여전히 구할 수가 없다. 백퍼센트 완벽한 결과란 치료가 아니라 종교나 구원의 영역에 가깝다. 의사는 무작위로 주어진 상황에서 자기 손으로 쓸 수 있는 현실적인 팀과 약제와 기구를 가지고 그 시점에 할 수 있는 일들을 할 뿐이다.

한 명의 환자에게 동시에 발생하는 질병은 단 하나의 진단명으로 정리되어 가장 적절한 하나의 치료법으로 귀결하는 것이 아니다. 애초에 여러 증상의 선후 관계조차 모호할 때가 생각보다 많다. 그러니 모든 행위에는 선택과 한계가 있고, 치료 행위는 언제나 환자에게 득과 실이 동시에 가해지는 일이며, 결과는 절대로 반드시 최선일 수 없다.

아무도 잘못하지 않았는데도 사람은 죽을 수 있다.

할 수 있는 모든 힘을 다했어도 결과는 나쁠 수 있다.

1퍼센트의 가능성을 붙잡고라도 가족을 살리고 싶다면 의료진이 아무리 최선을 다한다 해도 99퍼센트의 확률로 살리지 못할 수 있다는 것 또한 우리는 받아들여야 한다.

6. 담장 위를 걷다 또는 달아나다

현대의학과 공중위생의 발전에 힘입어 우리는 이제 사람이 왜 죽는지, 어떻게 하면 한 생명이라도 더 살려낼 수 있는지에 대해 대략은 알게 되었다.

그러나 여전히 의학은 불완전하고 사람이 하는 일은 어떤 것도 모든 순간 완벽할 수 없다. 그 자연과학의 법칙과 한계를 인정하지 않고 여전히 누군가 나쁜 짓을 했으니 죽었을 것이라고 여기는 우리 사회의 무의식이 의사들은 때로 두렵다. 환자는 나쁜 짓을 안 했는데 죽었으니 그렇다면 누군가 손 댄 사람이 나쁜 짓을 했겠구나, 혹은 왕이 죽었으니 어의는 마땅히 벌을 받아야겠구나, 라며 돌을 던져대는 중세의 군중 앞에 선 듯한 두려움. 언제부터인가 협력자가 아닌 적이 되고 만 의사와 환자 관계를 생각하면 슬픔과 안타까움, 공포와 주저하는 마음이 동시에 밀려온다.

나는 오늘도 평소처럼 일터로 나가고 아직은 내가 배우고 믿는 대로 일할 테지만, 이런 판결이 반복된다면 앞으로는 어쩌면 조금씩 더 비겁해지고 용기를 잃게 될지도 모르겠다.

길에 쓰러진 이를 도와주려는 보통의 선한 사람들을 성추행범이나 강도 취급하며 의도를 의심하고 결과에 책임을 묻고 배상 운운한다면 그 사회는 점점 쓰러진 사람을 보아도 '내가 도울 수 없는 일'이라며 모르는 척 몸을 사리는 곳이 될 것이다.

병원에서 치료받다 결과가 나쁘면 의사를 탓하는 현실에서 중환자를 볼 의사들이 사라진다면 그건 누구의 잘못일까.

그렇게 우리 사회는 10퍼센트 가능성의 환자를, 30퍼센트 가능성의 환자를, 아니 이제는 70퍼센트 가능성의 환자까지도 잃어가고 있다.

이 비극은 과연 몇 퍼센트에서 끝날까.

우리는 답을 찾을 수 있을까.

괜찮다고 —————— 말해도 된다면

★　　　　　　소아청소년과에는 다른 어떤 과에서도 경험할 수 없는 특별한 재미가 있다. 소아청소년과의 진료 대상은 1초 전에 태어난 신생아부터 나보다 키도 크고 몸무게도 훨씬 많이 나가는 만 18세까지를 아우르기 때문에 환자 개개인의 나이나 성별, 성장 속도와 발달단계, 2차 성징의 발현과 나아가 심리적 사춘기의 출현 시기에 따라서도 각기 다른 접근을 해야 한다. 어느 한 명에게도 표준화된 치료를 함부로 들이댈 수 없다.

정상적인 성장 발달에는 신체의 변화 과정에 나타났다 사라지는 수많은 증상이 있다. 다만 어른의 기준에서는 이 모든 것이 비정상적으로 보이고 환자 본인도 그것들을 대개는 불편감으로 인식하기 때문에 환자와 보호자는 이런 내용이 '질병'인 줄 알고 병원을 찾게 된다. 소아청소년과 진료가 내과나 이비인후과, 가정의학과 등으로 쉽게 치환될 수 없는 이유도 여기에 있다. 100의 문제가 있다면 그중 90은 정상적인 성장 과정의 변주이고, 5는 추적해야 하는 변화의 상태, 나머지 5는 치료적 개입이 필요한 병적 상황이다. 그러니 어디까지가 정상인지, 정상에서 벗어나고 있다면 언제까지 지켜볼 것인지, 치료가 개입되어야 한다면 그것이 나머지 영역의 정상 성장 발달에 영향을 미치지는 않는지 등을 매번 따져야 한다.

그래서 소아청소년과 진료에는 유난히 '지켜보자'는 말이 자주 등장한다. '크면서 좋아진다'는 말은 오직 소아 진료에서만 들을 수 있는 말이다. '시간이 좀 걸릴 겁니다'라는 말은 성인을 진료할 때에도 종종 나오지만 소아 진료에서 그 시간이란 최소한 달 이상으로, 안 낫는 게 아닌가 싶을 정도로 길 때가 많다.

그래서 우리는 '괜찮다'는 말을 좋아했다. 이 말은 의사에게 높은 확률로 이상 없다는 확신이 있고 보호자를 안심시키는 동시에, 아이에게는 불필요한 치료적 개입을 최소화할 수 있는 가장 이상적인 상황이기 때문이다.

이 정도 열은 괜찮아요.

이 정도 기침은 오래갈 수 있어요. 괜찮아요.

이런 증상은 시간이 지나면 저절로 사라지니 걱정 안 하셔도 돼요. 아주 드물게는 악화되기도 하지만, 열에 아홉 이상은 호전되니 좀 기다려보죠. 대개는 괜찮을 겁니다.

나는 걱정 가득한 눈으로 우리를 바라보는 엄마들에게 괜찮다고 말하는 순간들이 참 좋았다. 내가 같이 책임져줄게요, 하는 마음과 너 꼭 괜찮아야 해, 하는 당부가 함께 담긴 말인 것만 같아서.

그런데 언제부터인가 나를 포함한 소아청소년과 의사들은 약속이라도 한 듯이 '괜찮다'는 말을 아끼고 있다. 10여 년 전 우리가 "괜찮아요."라고 말하면 보호자들은 가슴을 쓸어내리며 다행이라고 답해주었다. 5년쯤 전에는 똑같은 말을 하면 "괜찮겠죠…?" 하며, 염려의 끈을 완전히 놓지는 못할지언정 일단 믿어주는 분들이 많았다. 그런데 몇 년 전부터 우리가 괜찮다는 말을 할 때마다 사람이 예상할 수 없는 대단히 예외적인 상황에까지 책임을 강요받는 것 같은 부담과 그로 인한 공포가 한 번씩 몰아치는 것을 느낀다. 나만이 아니라 내 주변의 많은 소아청소년과 의사들이 같은 경험을 호소한다.

최근 잇따르는 불가항력적 의료사고에 대한 형사처벌을 굳이 예로 들지 않더라도 일상적인 소소한 진료를 하는 중 "괜찮을 겁니다."라고 하면 "확실히 괜찮은 거 맞죠?", "책임지실 수 있죠?", "나빠지면 어떻게 하실 거예요?" 같은 질문을 여러 번 반복해 듣곤 한다. 그러고 나면 완치뿐 아니라 부작용과 합병증에도 일정 지분의 책임을 느끼게 되는 의사 입장에서는 최대한 방어적으로 나쁜 가능성을 더 전할 수밖에 없다.

보호자의 입장도 이해 못 하는 바는 아니다. 불안하니 확실히 하고 싶고, 기약이 없으니 염려가 되고, 의사의 확언 한 마디만 더해진다면 조금 더 안심될 것 같고, 그래서 그냥 하는 말일 수도 있다는 생각을 한다. 하지만 의사로서는 오히려 상상할 수 있는 나쁜 결과의 범위가 크고 가짓수 또한 많기 때문에 그런 추궁을 당하면 보호자들이 상상하지도 않았던 극단적인 결과에 대한 책임과 부담까지 느끼는 것도 사실이다.

소아청소년과 의사의 한 사람으로서 감히 말씀드리건대, 아이를 보는 의사는 누가 뭐래도 부모님과 한 팀이다. 아이의 건강과 회복을 부모님 다음으로 간절히 바라는 사람 또한 아마도 주치의일 것이다. 우리는 아이들이 좋아지는 모습이 기쁘고 예뼈 소아청소년과를 선택했고, 이 순간에도 '아이가 호전되는 것이 나의 능력이자 자부심'이라고 여기며 할 수 있는 최선의 일을 한다. 사명감의 사전적 의미는 '주어진 임무를 잘 수행하려는 마음가짐'이라는데, 그런 뜻에서 내 환자를 눈앞에 둔 의사의 마음은 다 비슷하다고 믿는다.

의료에는 백퍼센트가 없다. 30을 50으로 만들고 50이던 것을 80으로 끌어올리려면 현재가 가지고 있는 한계를 인정하고, 더 잘하는 방식으로의 시도와 변화, 시행착오를 인정해야 한다.

의사는 자신을 찾아와준 보호자의 믿음에 고마워하고, 보호자는 아이를 위해 최적의 방법을 찾아내려 애쓰는 의사를 신뢰하고, 그래서 매일매일 괜찮을 거라고 서로 격려하며 함께 아이를 안고 키워가는 아름다운 진료실 풍경을 꿈꾼다.

그 환자 ─────── 못 받아요

＊　　　　　열한 살 사내아이라고 했다.

어젯밤 내가 근무하는 곳에서 80킬로미터도 넘게 떨어진 어느 지역병원의 응급실로 두통과 구토를 호소하는 아이가 들어왔는데 그곳에는 소아중환자를 볼 수 있는 소아청소년과 전문의도 소아 병동도 없단다. 그래서 여기저기 전화를 돌리고 있는 상황이라며 응급의학과 선생님이 다급하고 걱정스런 목소리로 말했다.

혈액검사상 전해질 수치가 너무 많이 깨져 있어 중환자실 입실까지 염두에 두고 예민하게 모니터링하며 밤새 시간과 분 단위로 아주 천천히 전해질 교정을 해야 하는 상황이었다. (이런 경우 너무 급하게 교정이 되면 뇌부종 등의 합병증으로 돌이킬 수 없는 결과가 발생할 수 있다.) 당시 우리 병원은 의심되는 질병과 전혀 관계없는 60대 세부분과 전문의 교수님 혼자서 병동과 중환자실 야간 당직을 서고 계셨다. 게다가 중환자실은 만실, 병동 역시 빈 병상이 없어 응급실에만 이미 입원 대기자가 세 명이나 되었으므로 중환을 또 받기가 어려운 상황이었다.

적당한 시간을 둘 수 있거나 다른 환자와 동시에 볼 만한 상태의 환자들은 아무리 응급실이 미어터져도 다 받는다. 하지만 옆에 꼭 붙어서 중환자실 수준의 케어를 해야 하는 초응급의 중환들은 오히려 함부로 받을 수가 없다. 중환자실에서의 치료 및 감시 수준과 응급실에서의 치료 및 감시 수준은 다를 수밖에 없기 때문이다. 더욱이 응급실은 어느 순간 또 다른 중환이 119를 타고 들어올지 모르는 곳이기 때문에 심각한 환자를 수 시간 이상 데리고 처치할 수가 없다.

또 그 아이를 받아 입원시켜 교정하고 치료하려면 먼저 입원 중인 아이 중 한 명을 중환자실에서 억지로 나오게 해야 하고 병동의 아이들은 방치될 수밖에 없다. 그러니 그건 이미 있는 환자들에게 해가 되는 일이다. 게다가 응급실에서 먼저 입원을 대기하고 있던 환자들은 모두 중증으로 하루가 넘게 머물고 있는 상황이니 어떻게든 해보려고 해도 방법이 없었다.

병동과 소아중환자실을 통틀어 교수님 한 분, 신생아 중환자실도 신생아분과 교수님 한 분, 그리고 응급실에도 나 혼자. 그 와중에도 전원 문의는 계속 들어오고 진료가 점점 밀리니 경중의 환자와 보호자들은 불만이 쌓여가고 장염과 독감의 동시 유행으로 응급실은 언제 자리가 날지 기약이 없다.

새벽 세 시, 이미 차갑게 식어버린 닭강정을 씹으며 생각했다. 답답한 건 어쩌면 우리뿐일까.

그러던 중 환자를 받지 않으면 의료진과 병원에 책임을 묻겠다는 소식이 뉴스로 전해져 왔다.

아니, 우리가 볼 수 있는데 안 보는 게 아니잖아. 있는 환자를 나가랄 수도 없고, 중환자실도 수술할 수 있는 의사도 없으니 무리해서 환자를 받는다면 오히려 골든타임을 놓칠 수 있어 그러는 건데….

대체 응급실 의사 한 사람이 위중한 환자들을 동시에 몇 명까지 볼 수 있다고 생각하는 걸까. 누구보다 환자를 보고 싶은 건 우리인걸, 이러다 정말 사고 날 것 같은데, 아니 이미 전국 여기저기서 사고가 나고 있는데, 앞으로 아이들은 어디로 보내야 하

나. 과연 내년에는 희망이 있을까.

자꾸 이상한 걸로 이름 팔아 괜히 욕이나 먹고 그러지 말고 얼른 탈출해서 새 삶 살라던 친구의 애정 어린 핀잔이 저 멀리서 반복해 들리는 것만 같았다.

아직 나는 여기가 좋은데 이곳은 언제까지 나를 받아들여 줄까.

하지 마, 하지 마….

대한민국의 소아 진료에 환청처럼 메아리가 울린다.

두 달만 배우면 소아과 ──────── 의사만큼 본다

✳   세 돌이 채 안 된 아이가 머리가 아프고 잘
안 걸으려고 해 이런저런 신경학적 검사가 필요한 상황이었다.
가뜩이나 예민해진 상태로 격리실에 갇혀 있는데 낯선 사람이
방호복까지 입고 돌아다니니 겁이 났던지 아이는 나를 보기만
해도 자지러졌다. 별수 없이 검사 전까지 시간을 넉넉히 가져야
했다.

나는 엄마와 즐겁게 대화하는 척하며 아이의 과거력과 증상
을 물었다. 그러면서 청진기에 달린 인형에 설압자, 비닐봉지, 키
홀더, 엄마의 휴대전화 동영상과 노래까지 동원하여 아기의 뇌
신경과 전신의 운동감각, 소뇌 기능과 조건반사, 비정상반사 검

사를 했다. 중간중간 칭찬과 달램의 추임새까지 넣어가며.

얇은 간이벽으로 나뉜 바로 옆 격리실에는 복통으로 내원해 대기 중인 아이가 있었는데 앞 환자의 진료가 10분이 넘어가자 보호자에게 큰소리가 나기 시작했다.

급해서 왔는데 진료도 바로 안 봐주고 의사라는 사람이 쓸데 없이 수다나 떨고 있냐, 내가 옆에서 다 듣고 있는데 의사가 애랑 아주 놀고 있다, 이게 무슨 응급실이냐, 저 여자는 정신이 있냐 없냐.

간호사들이 상황을 설명하며 이해를 구하는 듯했지만, 당연히 내가 나타날 때까지 보호자는 납득하지 못하는 것 같았다.

옆 격리실 아이의 순서가 되었다. 보호자는 어디 한번 해보자는 듯 팔짱을 낀 채 나를 쏘아보며 속사포처럼 아이의 증상을 쏟아냈다. 당연히 그녀의 아이도 똑같이 방호복 입은 나를 보고 울음을 멈추지 않았으므로(그러면 배에 힘이 들어가 진찰을 정확하게 할 수 없다.) 나는 옆 방 아이에게 했던 것과 똑같은 방식으로 아이를 달래고 웃겨주었다. 아이가 울음을 그치자 나는 말랑해진 아이의 배를 촉진한 뒤 옷을 다시 입혀주었다. 뒤를 돌아보니 보호자는 팔짱을 풀고 두 손을 가지런히 모으고 있었다. 표정과 바뀐 말투만으로도 그녀가 이전의 상황을 스스로 이해했다는 것을 알 수 있었다. 그녀는 깊이 고개 숙여 인사했고 나도 그렇게 응하며 격리실을 나왔다.

다음에 다른 데서 진료받을 땐 좀 더 잘 이해하실 테니 다행이다 싶기도 했지만, 이 상황이 어른 환자였다면 어땠을까 하는 생각이 처음으로 문득 들었다.

신경학적 검사 같은 건 몇 분이면 끝났겠지. 생우유와 식습관 상담 같은 건 안 해도 됐을 거야. (실제로 두 번째 환자 진료 때는 생우유 문제로 시작된 이유식 이야기만 10분이 넘게 소요되었다.) 울음을 달래고 인형을 흔들면서 탐정이 증거를 찾듯 온갖 애매한 신호에 집중하는 대신 그냥 환자에게 물어보면 되었겠지.

피검사도 수액도 CT나 MRI도 한결 부담 없이 처방했을 테니 병원에도 손해를 끼치지는 않았을 거야. 지금 내가 수십 분 넘게 아이를 달래가며 신체검사를 하고 A4 수십 장은 거뜬히 넘을 분량의 보호자 상담으로 받는 금액은 성인 한 사람을 진료했을 때와 똑같은데.

문득 소아청소년과 의사로서 매일매일 당연하게 소모하는 시간과 체력과 감정이 어쩌면 당연한 게 아닐 수도 있겠다는 부질없는 생각이 들었다.

내가 좋아 선택했고 오랫동안 즐겁게 해온 일인데 이제는 아무도 하지 않으려고 한다. 이러한 현실을 매일매일 보고 듣고 이야기하다 보니 좀 각성이 되었달까.

모든 직업에 고충이 있을 테고 보상이 충분하다고 느끼는 생업 또한 아마 없을 것이다. 다른 과들도 저마다 각각의 어려움이 있을 테고 성인 환자를 보는 것은 또 다른 면에서 더 힘든 부분이 있겠지. 그러나 뭐랄까. 소아의 몸을 돌보는 일이, 나이와 성장과 발달과 정서의 차이를 매 순간 파악하고 고민하며 진료를 보는 과정이, 육아를 상담하고 양육을 돕는 일이, 부모들의 불안을 달래고 이해시키는 일이 생각만큼 하찮은 일은 아니라는 이야기를 누구에게든 하고 싶었다.

모 IT업계 개발자가 말하길 두 달만 배우면 자기도 소아 진료 정도는 볼 수 있을 것 같단다. 보호자들은 '내 아이 몸은 내가 제일 잘 안다'고 하고, 온라인 커뮤니티에서는 소아과는 맨날 똑같은 약만 주고 아는 게 없다고 한다. 여러 기사에서는 소아청소년과가 없으면 그냥 내과에서 보면 안 되나? 내과나 이비인후과에 비해 어려울 것도 없는 것 같은데, 하는 댓글이 달린다. 그런 여론과 인식을 대할 때면 힘이 빠진다.

소아청소년과 진료는 그런 게 아닌데…. 아이를 지켜보고 파악하고 함부로 약 쓰지 않고, 시간을 예상하고, 자연스러운 면역의 획득을 돕고, 성장에 해를 끼치지 않기 위해 득실을 따지고, 지속 가능하면서도 안정적인 돌봄의 방식을 설득하고, 그걸 모든 순간에 맨손으로 해내야 하는 일인데…. 문득 그러지 않는 편이 더 똑똑해 보일까 하는 슬픈 자각이 왔다.

그래도 아까 그 아기는 정말 예뻤어. 똘망똘망, 나한테 하트도 쏴주고.

에휴, 마음이 왔다 갔다, 이게 뭐 하는 짓인가.

자린고비의 ————— 약

✳   항암 병동에서는 매일 누군가 울었다.

누울 때마다 한 움큼씩 빠지는 자식의 머리카락을 모으며 아침마다 베갯잇을 정리하는 엄마들의 눈을 본 적이 있는가.

아이들은 내내 토하고, 열이 나고, 어딘가 아팠다.

'암성 통증'이란 그 작고 보드라운 아이들에게 결코 익숙해지지 않는 악몽과도 같았다. 밤이 되면 아이들은 더 아파했고, 두려워했다. 악마 같은 열이, 괴물 같은 고통이 반복해서 아이들을 찾아왔다.

쓸 수 있는 많은 진통제가 우리에게 있지만 아이들에게는 그 처방을 내릴 수 없었다.

"그거 바로 쓰면 안 돼요."

"왜요?"

"먹는 진통제부터 쓰고 효과가 없다는 게 증명되어야 그다음 약을 쓸 수 있어요."

"그게 무슨 말이에요? 애가 아파 죽겠다는데! 먹는 약 그거 감기 걸린 보통 애들 해열제로나 쓰지 어디 얘네들한테 기별이 나 가겠어요?"

"아무튼 안 돼요."

"왜요, 왜요? 왜요…!!!"

항암 전문 간호사와 약제팀, 보험심사팀에서는 모두 똑같은 이야기를 했다. 그리고 시간이 아주 많이 흐르고서야 우리는 그들이 그렇게 말하는 이유를 알 수 있었다.

"아이가 치료받고 있을 때는 쓸 수 있는 모든 좋은 약을 써 달라고 해요. 그런데 항암 병동의 아이들이 모두 완치되는 것은 아니잖아요. 세상을 떠나는 아이들이 어쩔 수 없이 생기는데 아이가 죽고 나면…. 사람 마음이라는 게 그래요. 최선의 치료를 받았다는 걸 알면서도 해열 진통제 하나까지 왜 비급여(보험 안 되는 약)를 썼냐고…. 아마도 브로커가 붙는 것 같더라고요. 그럼 이래저래 200~300만 원 정도는 돌려받나 봐요. 심사평가원에 고발이 들어가면 병원은 올바른 진료를 했더라도 심사 기준에 맞지 않는다는 이유로 약값의 다섯 배를 토해내야 해요. 진료비는 환수당하고 과잉 진료했다고 욕먹고. 애들 위하는 것도 하루 이틀이고 적자도 정도가 있지, 그렇게 여러 번 당한 뒤로는 먹는 해열 진통제를 먼저 주고 효과가 없다는 기록을 남긴 다음에야 주사 진통제를 줄 수 있게 되었어요. 남은 아이들만 불쌍하죠."

민원이나 고발뿐만이 아니다.

어른들의 무지인지 의도인지는 모르겠지만 아이들은 돌이킬 수 없는 손상조차 떠안아야 했다. 요즘도 그렇게 쓰고 있는지는 모르겠는데 내가 항암 병동 주치의를 하는 동안 가장 화가 났던 것은 곰팡이 감염증에 쓰는 항진균제의 보험 기준이었다.

항암 치료 중인 아이들은 면역력이 현저히 저하되어 있기 때문에 장기나 전신에 곰팡이 감염이 생기곤 한다. 그때 사용하는 항진균제가 몇 가지 있는데, 당시에 가장 많이 사용하던 약은 훈기존Fungizone과 암비솜Ambisome이었다.

훈기존은 비교적 저렴했지만 아이들의 콩팥 기능에 직접적인 손상을 초래했고, 암비솜은 가격이 비쌌지만 치명적인 부작용은 적었다.

자식이 항암 치료 중 곰팡이 감염이 생겼고, 가뜩이나 콩팥에 무리를 주는 항암제들을 앞으로도 당분간은 써야 하는 상황이니, 보호자들은 당연히 사비를 들여서라도 암비솜을 맞히고 싶어 했다. 우리도 마찬가지였다. 그런데

"그거 바로 쓰면 안 돼."

"왜요?"

"훈기존 먼저 쓰고 콩팥 기능 떨어졌다는 검사 결과 수치가 있어야 암비솜을 쓸 수 있어."

"에에…? 미친 거 아니에요? 자비로도 못 써요?"

"응, 못 써. 불법이야."

"아니 무슨 이런 말도 안 되는…."

"Cr(크레아티닌, 콩팥 수치) 나빠지기나 기도해. 빨리, 근데 너무 많이는 말고."

빌어먹을.

나는 이걸 아이들 앞에서 설명하는 게 너무 싫어서 보호자를 병실 밖으로 불러내 작은 소리로 말하곤 했다. 그럴 때마다 세상 무능한 의사, 세상 나쁜 죄인이 된 기분이었다.

인간 사회는 어차피 완벽하게 합리적일 수 없고 최대 다수의

최대 행복을 위해서라면 어느 정도 적정의 아우트라인이 있어야 한다는 걸 안다. 그렇더라도 환자 보호자가 원하고 의료진이 제공 가능한 의료를 자비로도 못 받게 하는 건 너무하지 않은가. 심지어 최선을 다해보려는 의사들에게 약값의 5배수를 벌금처럼 물리면 의사들이 어떻게 좋은 약을 쓸 수 있겠나.

오래 잊고 있던 울분이 새삼 다시 터져 나온다. 벌써 10년도 더 된 이야기인데 지금도 하나도 바뀌지 않았기 때문이다. 선배 의사들의 말을 들어보면 이건 20년도 넘은 이야기라고 하고, 후배 의사들 얘기로는 지금은 심지어 더하다고 한다.

'최선의 진료를 위한' 학회의 가이드라인보다 '건강보험료를 덜 쓰기 위한' 심사평가원의 고시를 더 잘 알아야 하는 현실, 국제적으로나 의학적으로 검증이 끝나 보편화된 최적의 치료법임에도 자신들이 정한 기준에 맞지 않는다는 이유로 제대로 쓰지 못하게 하는 심사평가원, 환자로서 마땅히 요구할 수 있는 사안조차 불법으로 규정해 아픈 국민의 손발을 다 묶어놓는 보건복지부.

'국민 전체의 보건을 위해서'라는 번지르르한 말에 진짜 부자들은 오히려 외국으로 눈을 돌린다. 신기술이나 고가의 약이 필요한 경우 외국으로 나가서 이용하고 돌아오는 사례들이 무수히 많다. 한국의 우수한 의료제도가 이민을 가지 않는 이유 중 하나였는데 이제는 이민을 가야 할 이유가 되었다는 말이 괜히 나오는 게 아니다. 부유층이 생각하기에 보험료를 더 많이 내서 국민과 나눠쓰는 것까지는 괜찮지만 원하는 진료를 아예 못 보게 되는 건 다른 이야기니까. 그들이 이해되지 않는 것도 아니다. 건강보험료는 떠나는 그들이 가장 많이 내고 있었지.

진료 환경이 이 지경이 되도록 정부는, 국민은, 의사들은 도대체 뭘 하고 있었던 걸까. 화를 밖으로 내야 할지 안으로 내야 할지 모르겠다. 의사로서가 아니라 한국에서 살아갈 한 사람의 환자로서 나는 이 상황이 너무나 답답하고 두렵다.

1종 보통의 ──────── 의사들을 위하여

✳   나는 스물한 살에 운전을 배웠다.
당시에도 대부분의 승용차들은 자동변속이었으므로 '오토'라
고 불리던 2종 보통 자동 면허가 나에게는 가장 합리적인 선택
이었겠지만, 1종 보통의 옵션이 버젓이 있는데 굳이 '쉬워 보이
는' 2종을 선택하자니 어쩐지 자존심이 허락하지 않았다. 그래
서 나는 덜덜거리는 파란 소형 트럭 운전석에 앉아 스틱과 클
러치로 진땀을 빼며−나의 운전사상 세상 쓸모없고 이제는 어
떻게 쓰는 건지도 다 잊은−1종 보통 면허를 땄다.

　운전은 그리 어려운 기술이 아니다.

도로에 그어진 선을 벗어나지 않고 신호와 규정 속도만 잘 지키면 똑똑한 내비게이션과 친절한 도로 표지판들이 나를 잘못된 길로 가지 않도록 안내해준다. 그러나 내가 운전면허 교육장에서 아무리 높은 점수를 받았다 한들, 친절한 길만 계속해서 나오는 도로주행 코스를 침착하게 완주했다 한들, 실제 도로에서 운전대를 잡는다는 것은 완전히 다른 문제다. 현실 운전에서는 예상치 못한 돌발 변수가 따르기 마련이니까.

공간 감각 떨어지는 옆 차로의 운전자가 차선을 깨작깨작 침범하는 상황이라든가 좁은 골목길에서 몇 센티미터밖에 안 되는 틈을 빠져나가야 하는 상황, 갑자기 튀어나온 어린아이를 피하기 위해 급정거를 하거나 신호기가 고장난 사거리에서 눈치껏 질서를 만들어야 하는 상황이 현실에서는 수시로 일어난다.

오랫동안 운전을 해 별의별 경험이 많은 운전자들은 어떤 상황에도 크게 놀라지 않겠지만 이제 막 도로에 나온 초보운전자나 경험이 부족한 장롱면허 소지자들에게는 멀쩡한 신호도, 빵빵대는 뒤차도, 앞지르고 끼어드는 옆차들도 모두 문제가 된다. 그 과정을 수없이 겪어 어느덧 가슴 쿵쾅거림이 사라지게 되면 자기도 모르게 초보운전을 써 붙인 앞차에 대고 혀를 끌끌 차는 베테랑이 되어 있고.

그러니 진짜 기술을 배우는 곳은 훈련장이 아니라 실제 도로이며, 현실 운전의 진짜 선생님은 친절한 교관이 아니라 창문을 내리고 삿대질에 쌍욕을 던지는 옆 차로의 운전자다.

의료도 똑같다. 만약 언젠가 내 몸을 누군가에게 맡겨야 한다면 그는 내가 받아야 할 내용의 수술뿐 아니라 비슷한 종류의 다른 수술 경험도 많고, 그 가운데 발생하는 온갖 돌발 변수에 익숙하며, 생존 확률이 높지 않은 사례까지 수없이 경험한 의사였으면 좋겠다. 흔히 쓰이지는 않지만 종종 결정적으로 유익할 수 있는 참신한, 혹은 대단히 오래된 술기조차 적극적으로 공부하고 익혀온 의사였으면 좋겠다.

그 경험은 교과서가 아니라 현장에서 나오며 쉬운 수술이 아니라 어렵고 힘든 수술에서, 백퍼센트의 성공이 아니라 예측 불가한 수많은 성공과 실패의 갈림길 사이에서 길러진다.

소송에 휘말려도 할 말이 많은 '교과서적 방법'으로 평이한 수술만 골라 한다면 법적으로 무결한 명의는 될 수 있을 것이다. 그러나 그런 '안전한 의사'의 '안전한 퍼포먼스'는 적어도 내가 환자로서 받고 싶은 수술은 아니다.

나는 비교적 큰 차도 능숙하게 운전하는 편이지만, 지금 나에게 갑자기 수동 차량을 맡긴다면 운전을 할 수 없을 것이다. 안전한 면허시험장 밖에서는 수동 차량을 몰아본 적이 없으니까. 지금 차는 7인승 미니밴이라 폭이 2미터쯤 되는데 전폭 1.5미터 정도의 경차로 바꿔 한참을 다니다 보면 머지않아 지금의 차도 운전하기 어려울 것이다. 할 수 있었지만, 손에서 놓은 지 오래라 더 이상 익숙하지 않으므로.

주말 아침의 한가한 8차선 도로는 운전자가 모두 초보여도 평화로이 흘러간다. 하지만 남들이 좀처럼 하려고 하지 않는 대형 차량과 특수차량을 익숙하게 운전하는 사람이 있어야 재난 발생 시 인명을 구조할 수 있고, 사회에 꼭 필요한 자원을 실어 나를 수 있다. 겁 없이 위험한 수술에 뛰어드는 무모한 의사, 쓸데없이 복잡한 환자를 해결해보려 하는 오만한 의사가 있어야 더 많은 생명을 살릴 수 있다.

고요한 도로에 방해가 되니 옆 블록에 수도 공사하러 온 덤프트럭은 꺼지라며 앞을 막고 운전자들을 끌어내리고 보상금을 물리고 면허를 찢고 감옥에 보냈다는 '속 시원한' 이야기가 연일 들려온다. 모두가 면허를 숨기고 안전한 자동운전으로 직진 도로만 가려 한다면 구급차와 소방차는 누가 운전할 것인가.

법적으로 완벽하게 안전한 수술을 받을 것인가, 의학적으로 현실성 있는 최선의 수술을 받을 것인가. 확률적으로 발생할 수밖에 없는 부작용이나 합병증을 해결하려면 최고의 보상금이 필요한가, 최적의 후속 치료가 필요한가.

우리 사회에는 오래된 질문이 있고 우리는 어쩌면 답을 이미 찾았는지도 모르겠다.

나는 소아청소년과 의사이지만 내과와 외과, 흉부외과와 신경외과, 정형외과, 산부인과와 비뇨기과, 안과와 이비인후과의 환자이기도 하니 언젠가 중요한 수술을 받는 날이 온다면 나의 집도의에게 받을 동의서를 한 장 따로 만들어가고 싶다.

1. 나는 상기 환자로부터 집도의로서 나의 판단을 전적으로 신뢰한다는 말을 들었습니다.

2. 나는 상기 환자가 나의 의학적 지식과 양심을 믿는다는 것을 충분히 인지하였습니다.

3. 나는 수술 중에 필요한 최선의 의료가 있다면 그것이 수술 전 설명 의무에 완벽하게 부합하지 않더라도 상기 환자는 그것이 자신에게 제공되기 원한다는 것을 이해합니다.

4. 나는 상기 환자가 의료에는 확률적으로 피할 수 없는 부작용과 합병증이 있으며 그것이 의사의 고의가 아님을 충

분히 알고 있다는 것을 들었습니다.

5. 나는 불가피한 부작용이나 합병증이 발생하였을 때, 상기 환자가 의학적 상식에서 벗어난 이유로 민형사상의 소송을 제기하지 않을 것을 들었습니다.

6. 나는 4, 5항과 관련하여 발생한 문제가 있다면 그 문제의 의학적 해결을 위해 재수술, 추가 치료, 협진 의뢰 등 전문가로서의 적극적 협조를 다할 것을 약속하며, 다만 그 비용에 대해서는 일반적이지 않은 과실이 있지 않는 한 환자가 부담하기로 합니다.

7. 나는 상기 환자가 학생이나 수련의, 전공의 교육이 미래 의학 발전에 필수적임을 이해하고 그들의 참여에 기꺼이 동의한다는 것을 들었습니다.

의사 ○○○ (서명)

현장에서 피부로 느끼건대 어렵고 복잡한 술기, 위험을 감수하는 용기 같은 건 머지않아 명맥이 끊겨 사라지겠지만, 그럼에도 불구하고 언젠가 저 동의서를 보게 된다면 부디 할 수 있는 최선의 진료를 해주시기 바란다는 말씀을 아울러 드린다.

3

결정적 장면

무대 뒤의 ———— 의사들

✳   오랜만에 단골 환자가 왔다. 응급실에 단골
이라는 말은 썩 어울리지 않지만 한곳에 오래 있다 보면 여러
번 만나는 환자가 생기게 마련이다.

열일곱 살의 부정맥 환자. 아이는 벌써 열 번이 넘게 응급실로
실려왔고 그중 다섯 번을 나와 만났다. 학교에서 증상이 나타
나 선생님과 급히 오는 바람에 엄마는 치료가 끝난 뒤에야 도착
했다. 엄마는 나를 보더니 "어머나, 선생님이 계셨구나. 다행이
네요!" 하며 손을 뻗어 익숙하게 인사를 건넸다.

몇 가지 처치 후에 심장박동 리듬을 성공적으로 회복한 아이
는 예쁘게 웃으며 다시 학교로 가도 되느냐고 물었다.

"그럼, 되고말고. 오늘은 내가 계속 있긴 할 텐데 다시 안 오면 더 예쁘겠다."

아이는 한 번 더 배시시 웃으며 안녕히 계세요, 하고 응급실을 떠났다.

매일 많은 사람이 응급실로 쏟아져 들어오지만 이곳에 근무하는 사람들에게는 내일이 없다. 내일이 되기 전에 환자는 집으로 외래로 병실로 떠난다. 어떻게 되었나 궁금한 마음에 수술 기록이나 입원 차트를 열어볼 때도 있지만 응급실 진료 후의 열람 기한이 다하면 그조차 여의치 않다. 오늘처럼 나를 기억해 반겨주고 믿어주고, 내가 있어 안심이고 다행이라고 표현해주는 환자를 만나는 건 마치 선물과도 같은 일이다.

오래된 기억, 오래 그립던 말.

내 환자.

어머니와 아이의 편안한 얼굴에 문득 안도감이 밀려왔다.

응급실로 자리를 옮긴 지 9년째, 내내 마음 한구석이 아쉬운 건 그래서일까. 이전에 일하던 병원에서는 심장이나 복부, 뇌 수술을 받는 아이들이 많았다. 특히 심장 수술의 경우 수술이 가능한 나이가 될 때까지 심장이 버틸 수 있도록 또는 수술 전후로 심장에 무리가 가지 않도록 소아청소년과에서 몸을 만들어주어야 하는 영역이 있었다. 간이나 장도 수술이 가능한 상태가 될 때까지 아주 예민하게 체중이나 영양, 혈액검사 수치와 감염을 조절해야 하는 경우들이 있다.

물론 수술의 성공 여부는 술기 자체의 전문성에 가장 많이 의존하지만, 수술 전과 후 내과적인 처치를 얼마나 정교하게 해내는가 하는 것도 수술 못지않게 중요하다. 그러나 보통 수술 전까지 아이를 보살핀 의료진에게는 환자의 소식이나 인사가 잘 도착하지 않는다.

수술실이나 위태위태한 회복실에서 아이의 목숨줄을 말 그대로 '움켜쥐고' 끌고 가는 마취과의 역할도 빼놓을 수 없다. 그러나 수많은 마취의들의 이름은 오직 수술 기록지 위에만 조용히 머물 뿐이다.

그리고 이곳 응급실. 급한 마음과 위중한 상황으로 아이들을 올려보내지만 우리는 아이들의 '그다음'에 대해서 전해 들을 방도가 별로 없다. 경황이 없어서겠지만, 환자와 보호자는 언제 병실로 올라가냐 언제 수술을 하나 다그칠 뿐 응급실에서의 처치가 그 후의 치료를 준비하기 위한 것임을 종종 이해하지 못한다.

하지만 서운해할 필요는 없다. 환자들은 당연히 의료의 모든 과정을 이해할 수 없고 우리에게는 각자의 역할이 있게 마련, 그리고 나는 아무튼 이 일을 하기로 마음먹은 까닭이다. 나는 무대를 만들고 조명을 설치하고 관객을 객석으로 인도하고 때로는 조연으로 등장하며 주연이 잘 연기할 수 있도록, 그래서 이 연극의 주인공들이 공연을 성공적으로 마치고 큰 박수를 받을 수 있도록 하는 역할을 맡았다.

그래서 연극이 끝나면 우리는 서로를 칭찬해준다. 잘했다고, 수고했다고, 네가 있어서 참 다행이라고 말해준다. 아무도 몰라주더라도 우리가 고마워하고 있어, 환자가 너를 만난 건 복이었을 거야. 굳이, 그렇게 말해준다. (물론 의사들은 대체로 말랑말랑한 말에 재주가 없는 편이므로 표현은 전혀 다르다. 어제 험한 환자 왔더라, 이야, 그 환자를 어떻게 봤냐, 고생했네, 기껏해야 이 정도로 축약된다. 미안하지만 후배나 전공의인 경우에는 혼을 내지 않고 알아서 하도록 가만 놔두는 것도 사실은 다 칭찬이다.)

우리는 무대 뒤의 의사들, 그림자로 살아가는 의사들이다.

그렇지만 칭찬은 고래도 춤추게 한다고, 솔직히 무대 위의 박수 소리가 전혀 부럽지 않은 것은 아니다. 그러니 감히 부탁드

리건대 혹시 언젠가 병원 생활을 겪게 되고 혹시라도 이 얘기가 기억나거든, 보이지 않는 무대 뒤의 의사들에게도 여러분의 안녕을 한 번쯤 전해주시길 바란다. 우리는 여전히 보이지 않겠지만, 그다음 환자에게 분명한 메아리로 답할 것이다.

명의를 만나는 ——————— 가장 확실한 방법

✱　　　　　　소아응급실의 보호자들이 처음 보는 내게 낯선 약봉지와 처방전을 내밀며 말한다.

"이 약 먹고도 안 나아서요."

"이 약 먹고 더 심해진 것 같아요. "

"이 약 좀 봐주세요."

우리나라 소아응급실 이용 형태를 보면 열에 아홉은 일주일을 넘기지 않을 가벼운 감기나 장염류의 경증이기 때문에, 그약들 또한 적당히 증상을 조절하는 무난한 약인 경우가 많다.

우리나라는 지방 소도시라고 해도 대체로 병원 접근성이 좋은 편이기 때문에 환자와 보호자들은 대개 적어도 두 곳 이상,

많게는 대여섯 군데의 병원을 다니다 이곳까지 온다. (심지어 하루 동안 서너 곳의 소아과와 이비인후과를 들렀다 오는 경우도 있다!) 답답한 마음이야 알겠으나 이런 식의 의료 이용은 오히려 아이의 회복에 장애물이 될 뿐이다.

유전 질환이나 악성종양처럼 전문성을 요하는 특수한 병의 경우 명의는 대체로 그들의 이름으로 존재한다. 'A병원의 Y교수님', 'S병원의 H교수님'을 굳이 찾아가야 하는 병이 있을 수 있다. 그런데 죽을병이 아닌 걸 너도 알고 나도 아는, 모두가 아는 경증 질환에서 명의란 결코 '알려진 이름'으로 존재하지 않는다. ('중병'의 기준이 모호할 수 있는데, 의사가 매우 심각한 표정으로 여기 말고 더 큰 병원의 특정 의사에게 진료를 보라고 '먼저' 추천하면 중병이라고 생각하면 된다. 반대로 2~3일 뒤에 다시 데리고 오라며 약 처방전을 주거나 해당 병원으로의 입원을 권유한다면 그 병원에서 해결이 가능한 병이라고 보면 된다.)

그래서 나는 진료를 볼 때 보호자들이 못 미덥다는 얼굴로 다른 곳에서 받아온 처방전을 내밀면 많은 경우 "이 병원으로 다시 가세요."라고 말한다.

왜냐하면,

첫 번째는 대부분 이것이 정말 잘 쓴 약이기 때문이고,

두 번째는 응급 원내 처방으로 줄 수 있는 약들이 실제로 그 처방보다 정교하거나 다양하기는 어렵기 때문이고,

세 번째는 그 약을 그렇게 썼을 때는 그 시점에서의 분명한 근거가 있었을 것이기 때문이며,

네 번째는 그러므로 지금 이 환자를 생판 처음 본 내가 기존의 소견을 거슬러 하루 이틀 만에 치료의 방향을 바꿀 이유가 없기 때문이다.

끝으로 가장 중요한 것은 이 환자를 한 번 본 의사가 시간을 두고 다시 봐야 현재와 미래의 질병과 환자 상태에 대해 가장 정확하게 파악하고 치료할 수 있기 때문이다.

명의란 따로 있는 것이 아니다.

이 아이를 처음부터 꾸준히 본 의사, 이 아이가 예전에 어떻게 아팠는지 아는 의사, 이 아이가 언제쯤 나빠졌는지 기억하는 의사, 이 동네에 요즘 어떤 병이 유행하는지 아는 의사, 이 엄마가 약을 어떻게 먹이고 아이를 어떻게 돌보는지 아는 의사. 그런 의사가 '나의 명의'다.

이 아이는 콧물이 이 정도 가면 꼭 중이염이 겹치더라 싶으

면 조금 일찍 항생제를 처방할 수도 있다. 중이염이 남아 있어도 충분한 기간 투약했고 어차피 시간 문제다 싶은 판단이 서면 약을 끊을 수도 있다.

낮에 청진할 때는 괜찮은데 밤만 되면 쌕쌕거리며 숨을 몰아쉬는 아이인 걸 안다면 잘 때 사용할 기관지확장제를 미리 처방할 수도 있다. 동네에 빠르게 나빠지는 폐렴이 유행하고 있다면 약간의 조짐이 보이는 아이는 이틀 만에 다시 진료를 보도록 약을 일부러 짧게 줄 수도 있다.

모든 처방에는 이유가 있다.

그 처방을 믿지 못해 병원 다녀온 지 하루 만에 콧물이 '안 잡힌다'며 옆 건물 이비인후과로 달려가 약을 바꾸고, 이틀 만에 이비인후과 항생제가 '센 것 같다'며 또 앞 건물 한의원으로 가 약을 끊고, 치료한 지 사흘이나 되었는데 감기가 안 떨어진다며 한밤중에 응급실로 달려온다면, 지금껏 이 아이를 아는 의사는 아무도 없고 앞으로 이 아이를 치료할 수 있는 의사 또한 어디에도 없게 된다. 그러면 부모의 갖은 노력에도 불구하고 이 아이는 단 하루도 제대로 치료받은 적 없는 환자가 되고 만다.

그래서 나는 보호자가 보기에 마음에 안 들고 지지부진한 듯 느껴질지라도 최소 다섯 번까지는 가급적 '같은 의사'에게 아이를 보이시라고 강조하여 말한다.

내 아이를 잘 아는 의사가 명의다.

이미 한 번 본 의사가 조금이라도 더 정확한 처방을 내릴 확률이 높다.

100점짜리 의사를 찾아 헤매느라 낭비할 시간에 약간 덜 미더운 70점의 의사에게 나를 자꾸 보여주고 내 이야기를 자꾸 하면, 그는 오직 나에게 있어 120점, 130점의 의사가 된다.

지금 이 순간 대학병원 응급실에 앉아 있는 나는 과거 모두가 그렇게 가고 싶어 하는 매머드급 병원에서 공부하고 일하다 온 의사인 동시에, 많이들 못 미더워하는 '동네병원 의사'이기도 했다.

그리고 나는 꾸준히 당신의 아이를 볼 의사가 아니므로 나의 동료이자 선배이자 강호의 고수인 그분들께 당신의 자녀이자 나의 환자인 이 아이를 보내는 것이 떳떳하고 안심되며 기쁘고 감사하다.

의사들은 다 아는 사실,

부모님들이 더욱 기억해주시길 소망하는 사실.

"당신의 주치의가 바로 명의입니다."

119를 ─────── 불러주세요

★　　　　　　　　응급실에 오래 있다 보면 구급차의 소리를 귀신같이 구별해내는 특별한 능력이 생긴다.

저 사이렌이 어느 방향에서 울리고 있는지, 가까워지고 있는지 멀어지는지…. 오다가 뚝 끊기는 걸 보니 별일 아닌가. 병원 입구에서도 앵앵 시끄럽게 계속 켜고 있는 걸 보니 정말 위중한 환자인가 보구나!

처음 응급실에 왔을 때는 밥을 먹다가도 사이렌 소리가 들리면 숟가락을 든 채 부동자세가 되곤 했다. 그러고는 저 멀리서부터 울리는 소리에 한참이나 귀 기울이며 언제쯤 응급실에 도착할지를 가늠했다. 그러나 이제는 사이렌 소리가 나도 놀라지 않는다. 익숙해져서일까? 아니, 열에 아홉은 사이렌을 울릴 필요가 없는 환자라는 것을, 더 정확히는 구급차를 타고 올 필요가 없는 환자라는 것을 경험으로 알게 되었기 때문이다.

사이렌이 울린다.

두 돌이 갓 지난 아기가 구급대원의 품에 안겨 응급실로 들어왔다. 대원의 발걸음에는 다급함이라고는 한 톨도 없었고, 아기는 뽀얀 얼굴로 엄마와 마주 보며 방실방실 웃었다. 엄마는 아기가 토를 한 번 해서 119를 불렀다며, 오는 내내 잘 놀았지만 일단 병원에 왔으니 진료는 보고 가겠단다.

사이렌이 울린다.

일곱 살 된 사내아이가 팔에 붕대를 감고 들어온다. 자전거를 타다 넘어졌는데 옆에 있던 나뭇가지에 좀 깊이 긁혀서 피가 제법 났다고 했다. 아이는 팔이 좀 불편할 뿐 다른 아픈 곳은 없다고 했고, 구급차에서 스스로 내려 씩씩하게 응급실로 걸어 들어왔다.

또 사이렌이 울린다.

이번에는 얼굴이 발갛게 달아오른 여자아이다. 보호자는 아이에게 해열제를 먹였는데도 열이 떨어지지 않아 체온이 더 오를까 봐 걱정이 돼서 119를 불렀다고 한다. 경련을 하거나 혈색이 안 좋았던 건 아니며, 노는 것이나 먹는 것도 평소와 비슷하다고 했다. 아이는 돌아서 나가는 119 대원에게 사랑스럽게 바이바이, 하며 손을 흔들었다.

열 명이 구급차를 타고 오면 그중 구급차가 꼭 필요했겠다 싶은 환자는 한 명이 채 안 된다. 이곳은 소아응급실이라 그런 경우는 거의 없지만, 성인 응급실은 술에 취해 119를 부르는 일도 비일비재하다고 한다. 구급차의 효용에 혼란이 온다.

다시, 사이렌이 울린다.

피부에 두드러기가 났다고 했다. 그런데 왜 구급차를…?

"아, 우리 집 근처에 택시가 잘 안 잡혀요. 이 시간에는 어차피 불러도 안 와. 그래서 바로 119에 전화를 했지."

사이렌이 울린다.

구급대원의 손을 잡은 아이가 아장아장 걸어 들어온다. 낮에 근처 소아과에서 폐렴 진단을 받고 항생제 복용을 시작했는데, 밤이 되니 기침이 좀 더 심해진 것 같아 이왕이면 대학병원에 입원을 하고 싶어 응급실로 왔다고 한다. 아이의 상태가 나빠진 건 아니지만, 어쨌든 기침은 늘었고 내일 아침엔 애 아빠도 출근해야 해서 짐을 챙겨오기가 어려우니 지금 입원하려고 한단다. 아이의 폐렴은 입원 치료가 필요한 정도가 아니고, 응급실에서 더 이상의 검사는 안 할 거라고 하니 119까지 불러서 왔는데 왜 아무것도 안 해주느냐며 역정을 낸다.

사이렌이 울리지 않는다.

아마 울렸겠지만, 더 이상 내 귀에 들리지 않는다. 이번에는 할머니다.

"아이고, 우리 손주가 코가 막혀서 잠을 못 자는데 주사 하나 줘봐."

어르신이라 설마 이것 때문에 구급차 타고 오신 거냐 말도 못하고 조용히 진료만 보았다. 데리러 올 사람이 없다길래 어떻게 가실 예정이냐 여쭈었더니 소녀같이 해사한 얼굴로 활짝 웃으며 말씀하신다.

"응, 119 또 부르면 돼야. 요 앞에서 부르면 돼야."

응급실은 편의점이 아니다. 낮에 시간이 없어서, 애 아빠 올 시간 기다리느라, 외래 진료 대기가 길어서, 바로 검사할 수 있을 것 같아서 찾아오는 곳이 아니다. 언제라도 발생할 수 있는 진짜 응급환자를 언제라도 처치할 수 있으려면 응급실이 경증 환자로 가득 차서는 안 된다. 언제라도 즉시 수술을 올릴 수 있으려면 수술하는 의사와 마취하는 의사가 준비되어 있어야 하고, 수술방과 중환자실이 비어 있어야 한다. 그리고 무엇보다 불필요한 호출에 119 구급차가 하루 수십 번을 여기저기 돌아다니는 일이 있어서는 안 된다. 의식이 없거나 움직이면 안 되는 상황, 경련 같은 위급한 증상이 나타나는 상황이라면 당연히 구급차를 이용해야겠지만, 의식이 온전하고 거동이 가능하다면 적어도 병원에 오는 교통비를 아끼기 위해 다른 사람의 생명을 담보로 잡는 행위는 해서는 안 된다.

그동안 별다른 제재 없이 남용되어온 119와 병원 이용 체계는 언젠가 중증 환자 치료 실패라는 부작용으로 이어질 것이다. 그리고 그것은 이미 전망이 아니라 현실이 되고 있다.

구급차를 택시로, 응급실을 편의 진료소로 여기며 내키는 대로 사용하고 미래의 중증 환자들을 포기할지, 가벼운 병에 시간 맞춰 동네병원 찾는 수고를 좀 더 들이는 대신 내 목숨이 위태로울 때는 언제라도 적절한 도움을 받을 수 있는 안전한 환경을 함께 만들어갈지, 서로를 위해 또 자신을 위해 더 깊이 고민해보아야 할 것 같다.

가와사키의 —————— 밤

*　　　　　　　'가와사키병'이라는 질환이 있다.

　동아시아계 영유아에게서 특히 흔하게 나타나는 병으로, 5일
간의 발열과 눈·입술·손발·피부의 붉어짐, 목 임파선의 부종
에 (진단 기준은 아니지만) 종종 BCG 접종 부위의 발적까지 종
합적으로 증상을 고려해 '임상적 진단'을 내린다.

　진단에 도움이 되는 몇 가지 혈액검사 소견이 있기는 하지만,
그 수치들은 감기나 장염에만 걸려도 흔히 오를 수 있기 때문에
이 병의 경우 혈액검사로 진단을 확정하지는 않는다.

　이 모든 증상이 동시에 나타난다면 어느 시점에서든 누구나
정확한 진단을 내릴 수 있겠지만, 대부분의 경우 증상들은 시

간을 두고 있는 듯 없는 듯 나타나며, 몇 시간 만에 금세 사라져 전혀 발견되지 않는 소견들도 있다. 이에 '불완전 가와사키'라는 진단명이 따로 있을 정도다. 그래서 한 시점의 모습만으로는 바로 진단하기 쉽지 않을 때도 있지만, 이름에서 유추할 수 있듯이 일본에서 처음 명명된 병이고, 일본과 한국에서 특히 발생 빈도가 높다 보니 한국과 일본만큼 가와사키병에 경험 많은 의사들은 전 세계를 뒤져도 거의 없을 것이다.

27개월 된 아이가 열이 난다고 했다. 열은 저녁부터 올라 한나절이 채 안 되었고, 다른 증상이 전혀 없이 컨디션도 좋으니 하루 이틀 지켜보며 근처 소아과 진료를 보시는 것이 좋겠다고 했다. 엄마가 묻는다.

"가와사키병 가능성은 없나요?"

가와사키에는 아직 아무것도 부합하지 않는 상황이라 지금으로서는 그렇게 보이지 않지만 발열 기간이 길어지고 몇몇 다른 증상들이 동반된다면 그때는 의심해볼 수도 있다고 설명했다. 그러자 소아과 의사가 왜 가와사키 하나 빨리 못 잡아내느냐며 날선 표정과 말투로 대꾸한다.

"우리 큰애가 가와사키였어요. 열이 나고 눈이 빨갰는데, 처음

병원 갔을 때 아데노바이러스가 유행이라 그럴 수 있다더니 열난 지 나흘째에 가와사키 가능성이 있다며 대학병원으로 가라고 했어요. 그때 중요한 시기를 놓치는 바람에 심장 합병증이 생겼어요. 그 선생님이 이틀이나 지체하는 바람에 큰일 날 뻔했다고요."

이걸 어디서부터 설명하면 좋을까.

아데노바이러스 감염은 특정 시기가 되면 한 번씩 유행하고, 증상도 초기에는 가와사키병과 전혀 구별되지 않는다. 발열 이틀째에 대학병원으로 보내 봐야 다른 증상 없이는 그 어떤 의사도 바로 가와사키 치료부터 시작하지 않는다. 심지어 명백한 증상이 있어 일찍 치료를 시작하고 싶어도 발열 후 닷새가 채워지지 않으면 건강보험 심사평가원에서 약을 못 쓰게 하니, 어차피 할 수 있는 직접적인 치료도 없다.

분명 당시에도 설명을 다 들었을 테고 나도 똑같이 다시 설명했지만, 엄마는 아무것도 못 들었다는 듯 아무튼 오진하고 늦어서 애가 나빠진 것 아니냐며 역정을 냈다.

환자와 보호자는 우리를 신뢰하지 못하고, 우리 또한 환자와 보호자를 믿지 못하게 된 것 같아 참 슬펐던 밤.

이번에는 진짜 가와사키병 환자가 왔다.

열이 4일째에, 눈이 충혈되고 입술이 빨갛게 다 갈라져 있었다. 손바닥과 발바닥은 퉁퉁 부었으며 목 임파선은 몇 배나 커져 있었다. 어제는 등에도 발진이 났다고 한다. 1년차 전공의를 불러다 '이것이 가와사키'라고 보여주고 싶을 정도로 전형적인 증상이었다. 진료를 본 뒤 바로 가와사키병에 대해 설명하고 대학병원 치료가 필요하니 입원을 하자고 했다.

그런데 우리 애는 열만 났을 뿐 기침이나 토도 안 하고 잘 노는데 왜 그러냐, 얼굴 좀 빨개지는 건 애들 열날 때 다 그런 거 아니냐, 아직 아무 검사도 안 했으면서 뭘 그렇게 얘기하냐, 우린 열만 내리려고 온 거지 입원할 생각은 없다, 라고 한다. 그래, 애가 무슨 죄야. 보호자도 이해가 잘 안 갈 수 있지.

마음을 가다듬고 가와사키병에 대해 다시 한 번 자세히 설명해주었다. 필요한 약을 주사제로 써야 해서 입원이 필요하다, 심장 초음파 검사는 동네병원에서 할 수 없고 시기를 놓치면 심장 합병증이 생길 수 있다, 똑같은 말을 두 번 반복하니 마치 선심 쓰듯이 "그럼 소아과나 불러주세요." 한다.

소아청소년과 당직 전공의가 내려왔고 30분이 넘게 면담과 입원 설명이 오갔다. 병실 배정 대기 문제로 간호사 세 명이 또 설명했다.

그러나 보호자는 전혀 납득하지 않았다.

입원 전 코로나 검사도 안 하고 싶고, 병실에 당장 못 올라가고 한나절을 기다려야 하는 것도 마음에 안 든단다. 열을 바로 못 떨어뜨리는 것도 못 미덥고, 1인 격리 병상에 있었지만 저 멀리 밖에서 다른 신생아 우는 소리도 듣기 싫고, 아무튼 그러니 당장 입원할 수 있는 다른 큰 병원으로 가게 소견서나 써달란다.

요즘 시국에 열이 나는 환자를 코로나 검사나 대기 없이 바로 입원시킬 수 있는 병원은 대한민국에 존재하지 않는다. 혹시 연락되었거나 알아보신 병원이 있는지 간호사가 물었다. 그러자 보호자는 그런 걸 왜 묻냐, 그거 개인정보 침해인 것도 모르냐, 하며 면박을 주더니 (전원 의뢰서에는 수용하는 병원의 이름, 수용 가능 여부 확인을 기재하는 난이 있다.) 간호사에게 한마디 더 했다.

"해열제 빨리 안 가져와요?"

그렇게 그들은 자의퇴원서를 던지고 퇴원했다.

아이들은 힘이 없고, 보호자들은 에너지를 이상한 곳에 쓰고, 의사들은 손이 묶인 채 능력을 잃어간다.

아이들의 병에는 진단에 필요한 시간과 증상이 있다는 것을 받아들이지 않는 보호자들, 내 아이 몸은 의사보다 내가 더 잘 아니 내 마음대로 하겠다는 보호자들, 자신의 건강에 대한 의사 결정을 보호자에게 맡길 수밖에 없는 우리의 작고 어린 환자들, 써야 하는 약을 못 쓰게 하고 필요해서 한 처방도 과잉진료라고 음해해 환자와 의사 사이를 이간질하는 건강보험 심사평가원.

몇 년 전만 해도 소아청소년 진료는 날마다 행복하고 기쁜, 내가 좋아서 하는 일이었는데 하나하나의 사건들이 이제는 좀 지겹다.

다른 직업이라고 쉽겠는가마는, 힘들다기보다 슬프고 화가 난다기보다 상처받는 날들이 너무 많아졌다. 퇴근하는 길마다 쓸쓸하고 공허한 마음. 직업에 실연이라도 당한 듯한 기분이 드는 건 축복일까 어리석음일까.

그가 ──────── 의사였다면

✳   2022년 어느 날, 서울의 초대형병원에서 일
하던 현직 간호사가 근무 중에 쓰러졌는데 수술을 집도할 뇌혈
관 전문 신경외과 의사가 없어 수술을 받지 못했고, 다른 대형
병원으로 이송됐지만 끝내 사망했다는 안타깝고도 충격적인
소식이 모든 뉴스의 헤드라인을 채웠다. 대한민국은 의료 선진
국 아니었어? 이게 무슨 일이야!

거짓말 같지만 또렷한 현실이다. 이 이야기가 심지어 소아의 영
역으로 넘어가면 이 나라에 존재하는 세부 전문의의 숫자는 많
아야 5분의 1, 현실적으로는 10분의 1로 줄어든다.

의사가 학회에 참석했거나 휴가여서 하필 그날 없는 게 아니

다. 지금 대한민국은 소아에게 발생한 복잡한 외상이나 급성 중증 질환을 치료하거나 수술할 의사가, 필요한 순간 어김없이 존재할 수 있는 환경이 아니다.

단 두 명의 의사가 365일 24시간을 감당하려면 하루걸러 하루씩 당직을 서야 한다. 일반적인 의미의 숙직이나 당직과 달리 병원에서의 당직이란 당일 낮과 다음 날 아침부터의 업무를 정상적으로 수행하면서 밤에도 똑같이 수술을 하거나 중환자실을 돌봐야 하는 것을 뜻한다. 심지어 자기가 수술한 환자와 관련해서라면 당직 스케줄과 관계없이 계속 연락을 받는다. 그 일을 몇 년 동안 주말도 명절도 없이, 휴가도 학회도 가지 않고 단 두 명이 한다는 게 가능하기나 할까. 과연 어떤 사람이 어떤 일을 그렇게 계속 해낼 수 있을까.

이 사건이 더욱 슬프고 충격적인 이유는 이른바 빅 파이브라고 불리는 메이저 병원조차 살얼음판 위에서 버티고 있었다는 사실이 '이제야' 만천하에 드러났기 때문이기도 하지만, (왜냐하면 이런 상황은 이미 오래되었으므로) 아마도 여러 기사의 댓글을 통해 환자와 의사 사이의 불신과 망연함이 피부로 느껴졌기 때문인 것 같다.

쓰러진 사람이 의사였어도 그랬겠느냐는 목소리가 있던데, 내가 아는 한 의사였어도 상황은 같았을 것이다.

혹자는 학회 가서 노느라 그런 것 아니냐고도 하던데, 학회 참석 때문에 그날을 놓친 의사는 정작 한 번도 눈으로 보지 못한 이 상황과 동료였던 그 환자를 평생 가슴에 묻고 살아가게 될 것이다.

수술할 의사가 없는데 휴가를 가면 어떡하냐는 말도 들리던데, 신경외과에는 전설처럼 내려오는 이야기들이 몇 있다. 예를 하나 들자면, 어느 신경외과 의사가 오랜만에 잠시 집에 들렀다가 몇 시간 후 응급수술 때문에 다시 문을 나서니 아이가 현관에서 손을 흔들며 "아빠 안녕, 다음에 또 놀러와!" 하더라는.

늘 말하지만, 나는 특별히 사명감 넘치는 의사가 아니다. 내 자식을 돌보겠노라 매일 출근하지 않아도 되는 응급실을 선택했고, 예민하게 의심하는 보호자를 만나면 기록을 더 열심히 하며 소심하게 몸을 사리는 사람이다. (이것은 의무기록 차팅에 한정된 이야기다. 치료는 당연히 누구에게나 똑같다. 하지만 융통성과 배려는 믿어주는 보호자에게 더 많이 향한다.) 그러나 이런 나조차 내 앞의 환자에게는 진심이다.

나는 누군가 내게 의사가 되어 가장 좋은 점이 뭐냐고 물으면 나와 내 가족이 아플 때 의사를 신뢰할 수 있게 된 것이라고 늘 말해왔다. (잘 모르는 분과의 진료를 받을 때는 웬만하면 내가 의사라는 것을 밝히지 않는다. 나도 모르는데 아는 줄 알고 설명을 덜 해줄까 봐.)

이 아이가 누구여서 또는 누가 아니어서가 아니라 내 이름 앞으로 들어온 '내 환자'이기 때문에, 이 아이가 낫고 건강해지는 것이 나의 책임이고 나의 성취이고 나의 능력이며, 이 아이가 잘못된다면 그 또한 나의 책임이고 나의 잘못이고 나의 실패이기에, 그렇기에 어쩌면 사명감이 아니라 알량한 자존심을 위해 적어도 나는 내가 가진 모든 지식과 할 수 있는 모든 것을 다해 내 앞의 환자를 본다. 그러면 그 대상이 누구라도 최소한의 애정이 생기게 마련이다.

평생 비행기 정비를 한 사람은 비행기의 엔진 소리를 사랑할 것이다. 평생 연주를 업으로 삼은 사람이 음악과 악기를 사랑하지 않을 리 없지 않은가. 수의사는 동물을 사랑하는 사람이 가져야 하는 직업이라고 믿으면서 왜 의사는 그렇지 않을 거라고 생각하는 걸까.

내가 아는 한 수술해서 살릴 수 있는 환자를 두려워서 혹은 귀찮아서 내칠 정도의 사람이라면 결코 신경외과를 지망하지 않는다. 감히 말하건대 아마 그날 밤 그 병원의 신경외과 의사들도 그랬을 것이다. 우리는 누구보다 환자를 살리고 싶어 하는데 그 마음은 왜 의심받아야 할까.

고인의 명복과 유가족의 평안을 빈다.

그리고 그날 밤의 주치의들과, 함께 최선을 다했을 간호사, 의료기사, 조무사, 응급구조사들께도 심심한 위로를 전한다. 외람되지만 이 사건이 동료인 의사와 간호사 사이에 불필요한 오해나 불신으로 번지지 않기를, 의사들의 진심과 최선은 생각보다구체적이며 적극적이라는 것을 부디 더 많은 사람들이 알아주시기를 바란다.

중환자실의 ─────── 해그리드

✳   아주 늦은 밤이었다.

어차피 그날은 잘 수 없으리란 걸 알았기 때문에 나는 머리를 질끈 묶고 입에는 크래커 하나를 문 채 소아중환자실 스테이션에 비스듬히 기대어 차트를 정리하고 있었다.

밤새 시간마다 확인해야 할 환자와 검사들이 있었다. 나는 나름대로 머리를 굴려 여러 결과들이 비슷한 시간에 한꺼번에 나오게끔 처방 수행 시간을 조율해두었다. 그러나 여전히 큰 기대는 하지 않는 편이 나았다. 저녁에 처방한 검사 결과들이 모두 같은 시간에 보고된다 하더라도 아침까지 다시 손댈 필요 없을 정도로 수치가 깨끗하게 나오는 경우는 몇 건 안 될 테니까. 그러면 그때 또다시 새로운 일을 시작할 터였다.

환자들의 경과를 기록하고, 새 처방을 내고, 인공호흡기 세팅을 높이거나 낮추고, 수액 조성을 바꾸고, 답이 쉬이 나오지 않는 환자는 머리부터 발끝까지(top-to-toe) 진찰을 다시 하고, 이따금 우는 아이가 있으면 들여다보기도 하는 사이 길고도 짧은 밤이 지나가고 있었다.

고요한 소아중환자실, 간간이 울리는 인공호흡기의 알람 소리. 잠시 책상에라도 기대어 눈을 붙일까 하던 찰나 멀리서 덜덜 특유의 소리를 내며 돌아가던 고빈도 인공호흡기의 알람이 달라졌다. 왜 저러지? 몇 가지 검사를 한 결과, 알람이 달라진 순간 예상했던 대로 아기의 왼쪽 폐에 기흉이 생긴 걸 발견했다. 젠장, 이놈의 하이 프리퀀시(high-frequency, 고빈도 호흡 보조 인공호흡기. 이 기계로만 유지 가능한 상태가 있어 불가피하게 사용되지만, 합병증으로 기흉이 흔히 발생한다).

아기는 생후 백일 정도 되었지만 몇 개월이나 일찍 미숙아로 나왔으니 예정대로 태어났다면 아마 한 달이나 갓 지났을까, 제대로 성숙하지 못한 채 일찍 세상으로 나온 몸은 두 손바닥으로 다 덮일 정도로 작았다.

흉관을 넣어야 하는데….

우리 병원은 흉관 삽입을 흉부외과에 의뢰하도록 되어 있다. 그런데 지금은 새벽 두 시가 넘었고, 자정 너머까지 반대편 침상에서 바쁜 소리가 난 걸 알고 있었기에 침대에 누운 지 고작 한 시간 남짓 되었을 흉부외과 전공의를 깨울 엄두가 나지 않았다. 그래도 어떻게 해.

나는 어차피 깨울 거면서 쓸데없이 발소리를 줄인 채 흉부외과 당직실 앞에 섰다. 그리고 어차피 노크하겠지만 마음속으로나마 죄송합니다, 말하며 하나 둘 셋을 세고 문을 두드렸다.

똑.

똑똑.

코 고는 소리가 작게 들렸지만 깨는 기척은 들리지 않았다.

달칵- 삐걱.

불 꺼진 방은 캄캄했고 좀 더 커진 코 고는 소리는 내 마음을 약하게 했다. 아, 진짜 못 깨우겠네.

하지만 시간을 더 지체할 수는 없었다.

"저기… 선생님…?"

내 목소리에 푸다닥 요란한 이불 소리를 내며 "네! 네! 왜요?" 흉부외과 전공의가 마치 용수철 튀어오르듯 침대에서 일어나 달려 나왔다. 반쯤 뜬 눈에 머리는 산발, 나보다 두 배는 더 큰 몸을 민첩하게 움직이며 안 자고 있었던 척 애써 정신을 차리려는 목소리.

그는 마치 해리포터를 구하러 온 해그리드처럼 나타나, 나의 간단한 설명을 듣더니 마법사처럼 아기의 왼쪽 갈비뼈 사이로 빨대만 한 흉관을 넣어주었다. 그리고 인공호흡기 세팅을 다시 설정하자 모니터의 수치들은 마법처럼 정상이 되었다.

"감사합니다. 들어가서 좀 주무세요."

"아, 아니에요. 어차피 좀 이따 우리 환자 또 뭐 봐야 해서⋯. 근데 이 아기 지난번엔 오른쪽도 그랬던 것 같은데 계속 안 좋은가 봐요?"

"아, 네. 심장 문제도 있고 워낙 더디 크기도 하고⋯. 근데 하이 프리퀀시는 정말 효과는 둘째치고 아주 못 써먹겠네요. 흉관 그냥 저희가 배워서 넣는 게 낫지 않나 싶기도 하고⋯. 번번이 너무 죄송해요."

"어차피 저희가 계속 있을 건데요 뭐. 동맥혈 가스분석 검사 (Arterial blood gas study, 호흡과 전신 상태를 평가한다) 결과는 나왔나요?"

각 침상 위에서 울리는 알람 소리를 따라 밤은 조용히 깊어

갔다. 우리는 나란히 앉아 모니터 속 좋아진 수치와 서로의 얼굴을 번갈아 보면서 "오오…!"하며 기뻐했다. 그러고는 곧 소아중환자실 여기저기를 돌아다니며 각자가 해야 할 크고 작은 일들을 처리했다.

그와 나는 평소 지나가며 목례조차 하지 않던 사이였고, 그 밤 이후에도 다시 이야기를 나눌 기회는 없었다. 실은 이름조차 서로 모르고 여전히 나는 그를 잘 기억하지 못한다. 그저 우리는 그날의 흉부외과 당직, 그날의 소아청소년과 당직이었을 뿐.

그러나 그날 밤 우리 사이에는 환자가 있었다. 내가 살리고 당신이 도와줘야 하는 환자였다. 내 환자는 아니지만 함께 애쓰고, 누가 만든 결과든 함께 책임질 우리의 환자들. 밤에 깨어 보채는 아이를 돌아가며 돌보는 부모처럼, 우리에겐 그것이 동료 애고 사명감이었다.

나는 지금도 수많은 동료들의 도움과, 지원과, 응원을 받으며 환자들을 본다. 때로 목소리를 높이기도, 간혹 서로 욕을 하기도 하지만 나는 알고 있다. 우리 사이에 환자가 있을 때 우리는 진심이라는 것을. 의사들의 진심은 겉보기에 좋은 병원 시설이 아니라 혼자 고민하고 답답해하는 시간 속에 있다는 것을. 의사들의 애정은 달콤하게 포장된 다정한 말이 아니라 어떻게든 만들어내고야 마는 저 무미건조한 숫자와 사진들이라는 것을.

당장 보이는 성과로 칭찬받을 수 있는 수많은 지름길이 있지만, 한 사람 한 사람의 환자에게 해를 끼치지 않기 위해 오늘도 굳이 비난과 오해를 감수하는 나의 정직한 동료들께 감사를 보낸다.

아주 특이한 ——————— 일상

✱ 　　　　　　　몇 년 전, 학대로 숨진 16개월 아이의 이야
기로 온 세상이 떠들썩해진 적이 있었다. 그러나 사실 이곳에서
근무하는 우리에게 그런 일은 일상에 가깝다. 다만 아무리 겪어
도 익숙해지지 않고 담담해지지 않는 아주 특이한 일상.

　응급실에 딱 일주일만 있어보시라. 상상을 초월하는 오만가
지 경우를 경험하게 된다.
　맞아서 오는 아이,
　싸워서 오는 아이,
　임신한 채 오는 아이,

배달 오토바이를 타다 다쳐서 오는 아이,

성폭행을 당해 오는 아이,

자살 시도 후 오는 아이,

자살로 숨이 멎은 채 오는 아이,

학대가 의심되나 보호자가 진료를 거부하는 아이,

자살을 시도했으나 보호자가 나타나지 않는 아이.

드라마틱한 과정과 결과가 세간에 드러나는 아이만 학대를 당하는 것이 아니다.

이 시간, 이 순간, 오늘도, 내일도 수많은 아이들이 학대에 무방비로 노출되어 있다.

그렇기에 그 중심에서 매번 아이들을 마주하는 나는 SNS의 위로 챌린지나 국민청원, 가해자 엄벌을 위한 진정서 같은 것들이 역설적으로 얼마나 수동적이고 방관자적인지, 더 솔직하게는 그것이 얼마나 손쉽게 스스로를, 나아가 모두를 속죄하게 만드는 행위로 변질되곤 하는지를 보며 착잡해질 때가 있다.

소아청소년과 의사들은 보통 스물예닐곱 살쯤 자신이 치료하던 아이의 죽음을 처음으로 경험하고, 그 순간은 심장 속에 박제되듯 강렬한 기억으로 남는다. 그리고 또 한 번, 두 번, 세 번….

그렇게 몇십 번의 죽음을 겪어내고 조금씩 눈물이 덜 날 때쯤 소아청소년과 전문의가 되고 또 부모가 된다.

시간이 흐르면서 직업적으로는 점점 더 익숙해지고 냉정해지지만, 그때쯤 대개 부모가 되어 있는 의사들은 다시 가슴이 미어지고 눈물이 흐르는 혼란스러운 경험을 반복한다. 그리고 그 정점에 있는 것이 학대 아동의 진료다.

학대당한 아이를 진료하고, 전후 사정을 파악하고, 신고하고, 진단서를 작성하고, 입원을 시키거나 또는 사망 선고를 하고…. 그러고는 집으로 돌아와 말간 얼굴로 안기는 내 자식들을 볼 때 들었던 죄책감은 차마 말로 설명할 수가 없는 어떤 것이었다. 어쩌면 그래서 저 연기처럼 머물다 사라질 SNS의 위로 챌린지가 더 야속했는지도 모르겠다. 미안하다는 공허한 말로는 아무것도 바뀌지 않는다는 걸 이미 숱한 경험으로 알고 있었기 때문에.

국민은 슬픔과 분노를 좇아 나팔을 불고, 정책 결정자들은 그 소리에 부응하기 위해 점점 더 연극 같은 법안을 발의하고…. 실체가 없는 보여주기식 행정이 되풀이된다.

결국 연관되고 싶은 사람도 책임지려는 사람도 없는 상태에서 학대받던 아이들은 대부분 다시 지옥으로 돌아간다. 돌볼 사람이 없다는 이유로….

가해자 엄벌을 탄원할 것이 아니라 아동보호국을 정식으로 만들라고, 보호아동을 위한 시설을 만들고 거기에 인력과 예산을 투입하라고 호소해야 한다. '약사에게도 신고 의무를 부여하자' 따위의 속 편한 법령을 발의할 게 아니라 사설기관과 민간병원에 속수무책 떠넘겨져 있는 일을 나라에서 챙길 것을 주장해야 한다.

지금 세금은 어디에 사용되고 있는가. 경찰에는 과연 학대 아동과 신고자를 보호할 재량과 권한, 재정적 여력이 있는가. 의사들은 신고 후 신분 비밀이 보장되며 생업과 신변을 보호받을 수 있는가.

해결책을 제시하고 나부터 행동에 옮기고 싶지만, 사건의 중심에서 수십 번 같은 상황을 겪고 나면 도대체 어디서부터 어디까지가 문제일까 하는 회의가 든다.

이것저것 다 떠먹여주려다 최소한의 안전망마저도 찢어버린 아마추어 사회의 단면이 어제도 오늘도 적나라하다.

학대 아동의 분리 ─────── 그리고 그 뒷이야기

★　　　　　　　학대 의심 아동들은 왜 분리되지 못하는가?

　뉴스를 통해 알려지는 학대 아동들에게는 일반적으로는 상상조차 하기 힘든 스토리와 '명백하게 다친 몸'이 존재한다.

　그러나 세상에 실재하는 학대는 사람들이 생각하는 것보다 훨씬 더 다양한 이름과 얼굴로 본모습을 숨긴 채 잠복해 있다. 그 이름은 선명한 학대가 아니라 모호한 방임이며 신체를 상하게 하는 구타가 아니라 영혼을 좀먹는 교묘함인 경우가 많다. 때로는 무지로 대개는 방만으로, 또는 훈육과 애정으로 위장되기도 한다. 또는 안타깝지만 그것이 잘못된 방식의 사랑인 경우도 분명 있다. 흐릿하고, 경계가 불분명하며, 많은 경우 의외로 선악조차 회색빛이라 상황 전체를 서술형 주관식으로 풀어야만 하는 일.

생후 4개월 영아가 밤새 보챈다는 이유로 아빠에게 맞아 멍이 들어 온다. 명백한 학대다. 그런데 아기에게는 2세, 5세의 형제자매가 있고 아기는 아직 친모의 모유만 먹는다. 이 아이를 부모와 어떻게 분리해야 하는가. 나머지 형제들은 잠재적인 학대의 위험으로부터 어떻게 보호할 것인가.

중학생 형제가 몸싸움을 하다 동생이 형에게 맞아 이가 부러지고 입술이 찢어진 채 접수되었다. 뒤이어 함께 접수된 형은 그 상황에 화가 난 아빠에게 뺨을 맞아 고막이 터졌다. 아빠는 놀라고 당황하여 아들 둘을 데리고 즉시 응급실로 왔고, 속상해 죽겠다는 얼굴로 안절부절못하고 있다. 그런데 진료 차트에는 2년 전 아이가 효자손에 빗맞아 손가락이 부러져 내원했던 기록이 있다. 이 아빠를 아동학대범으로 보아야 하는가.

발달장애가 있는 아동이 가정에서의 학대가 의심되어 어린이집 선생님과 함께 병원에 왔다. 아이의 표현은 정확하지 않고, 진찰상 명백한 학대 시사 소견은 없으나 어린이집 선생님이 들려주고 보여준 정황과 사진을 보면 아니라고는 못 할 상황이다.

그러나 이 아이와 소통이 되는 사람은 엄마뿐이라 아이는 계속 엄마만 찾고 학대 아동을 위한 쉼터에는 어린 장애 아동을 돌볼 인력이 마땅치 않다. 이 아이는 어디로 어떻게 분리할 수 있는가?

백 명의 학대 아동이 병원을 찾아오면 그곳에는 백 가지의 모두 다른 이야기와 백 가지가 넘는 가족의 병리가 함께 온다.

의도와 외상과 위험이 명백한 아이들은 현장에서 거의 모두 신고가 된다. 신고시스템이나 과태료의 문제가 아니다. 내 눈앞에서 아이가 죽어가면 의료진이건 일반인이건 나 몰라라 하지는 않는다. 우리 사회에 아직 그 정도 선함은 남아 있다.

당장 생명이나 신체 기능에 문제가 생길 정도로 위중한 외상을 입은 아이들은 대부분 즉시 신고와 수사가 진행되고, 의료진 재량으로 입원시켜 돌볼 수도 있기에 치료와 분리 문제도 어느 정도 해결이 된다. (다만 이것은 대학병원에서만 가능한 조치다.)

이보다 더 중요한 것은, 신문기사에는 나지 않는 '아직은 덜' 극단적인 상황의 아이들을 어떻게 미리 보호하고 돌볼 수 있는가 하는 문제다.

학대 아동을 부모와 분리하여 돌봐주는 쉼터의 수용 가능 인원은 전체 신고 건수의 10분의 1도 안 된다. 학대 아동의 형제들까지 분리해야 하는 경우를 더하면 이 많은 아이들을 '어디에 어떻게 언제까지 누가' 책임지고 분리하여 돌볼 수 있을까 하는 막막함이 드는 것이 사실이다.

또한 대부분의 쉼터에서는 신생아부터 고등학생까지 전 연령의 아이들을 보살펴야 하는데, 한정된 인력과 예산으로 각 연령에 맞는 식단과 위생, 생활습관 관리를 포함해 영유아들의 돌봄과 학령기 아이들의 학습 결손 방지, 상처가 있는 청소년기 아이들의 정서까지 챙기고 살피는 것은 현실적으로 쉬운 일이 아니다. 따라서 이미 충격적인 사건을 겪은 공황상태의 아이들에게는 쉼터에서의 생활이 또 다른 형태의 방임이나 학대로 경험될 수 있다.

즉각적으로 분리해야 할 상황이라면 학대 아동과 그 형제들이 안전하고 안정감 있게 보호받을 수 있는 시설, 아이들의 신체 건강과 정서 회복을 돌볼 수 있는 여건, 최소한의 영양과 성장·발달·학습을 보장할 환경, 보호자에 대한 교육과 재발 방지책, 끝내 원가정으로 돌아가지 못하는 일부 아이들의 자립을 위한 장기적인 대책과 지원이 있어야 한다.

야속하지만 다 사람이고, 다 돈이다.

즉시 분리할 수 없는 상황이라면 아이의 상태와 보호자를 지속적으로 감시할 수 있도록 '강제력' 있는 주기적 상담과 가정 방문, 보육 및 교육기관 연계 상담을 의무화해야 한다. 아울러 국가 지원을 통해서라도 병원 진료 및 종합심리평가를 반드시 정기적으로 받도록 법제화하고 그것이 실제로 이루어지는지 감시할 협의체를 설립해야 한다.

슬프지만 이 또한 다 사람이고, 다 돈이다.

무지나 실수 또는 환경적 문제로 인한 방임형 학대의 경우 보호자에 대한 교육과 실제적 돌봄 지원도 있어야 한다.

또 사람이고, 결국 돈이다.

그리고 행정적 결정권자의 권한 확대, 부적절한 면피성 징계 자제, 신고자의 신분 보호. (책임 추궁을 위한 경질만이 답이 아니다. 명백한 태만이나 악의, 무능이 아닌 한 실수의 가능성을 인정하고 현장의 딜레마를 많이 겪은 진짜 베테랑들을 포진시켜 두어야 장기적으로 안정적인 정책을 펼 수 있다.)

인류가 존재하는 한 아동 학대는 사라지지 않을 것이다. 더욱이 아동 학대 관련 업무란 최선의 안식처가 아니라 차악의 도

피처를 위한 것. 개개인이 할 수 없는 규모의 일들이기에 정부와 지자체가 네트를 쳐주어야 하지만 우리 모두 알다시피 세금은 유한하고 쓸 곳은 많다.

우리는 학대받는 아이들에게 얼마만큼의 마음과, 시간과, 돈을 쓸 수 있는가.

아니, 진실로 얼마만큼을 '쓰고자' 하는가.

나는 2차 ——————— 가해자입니다

✲　　　　　　　　자다 깨고, 또 자다 깨기를 반복하는 밤.

초등학생 남자아이 한 명과 그 동생이 응급실로 왔다. 엄마가 밥하는 동안 동생과 싸웠고 말리던 엄마가 화가 나서 숟가락으로 때렸다고 한다. 아이 두피가 1센티미터 반달 모양의 숟가락 자국 그대로 찢어져 있었다. 손목에 긁힌 자국이 있길래 이건 어쩌다 다쳤어, 했더니 엄마가 세게 잡아서 생긴 상처라고 한다.

아동 학대로 세간이 떠들썩하던 무렵인 데다 당시 우리 센터가 깊이 관여된 사건들도 있었기에 우리 병원 사회복지팀은 기민하게 움직였고, 경찰과 관리팀 또한 적극적으로 이 일을 처리했다. 아이들은 그날 밤 즉시 엄마로부터 분리되었다.

그때 나는 처음 제대로 알았다.

내가 아동 학대 의심 보고서를 작성하는 순간 사안의 경중이나 아이 양육 환경, 분리 후 아이가 겪게 될 상황에 대한 아무 배려나 고려 없이 그 밤에, 즉시, 아무에게도 아무런 예고도 없이 열 살도 안 된 형제 둘이 낯선 사람들의 손에 이끌려 낯선 곳으로 가게 된다는 걸.

엄마는 울먹이는 목소리로 밤새 응급실로 전화를 했고, 나는 내가 도대체 무슨 짓을 한 것인지 밤새 후회하고 자책해야 했다.

그리고 한참이 지나서야 알게 되었다.

그렇게 분리된 아이들은 다시 집으로 돌아가기까지 상상할 수도 납득할 수도 없는 길고도 어두운 시간을 외롭게 견뎌야 한다는 걸.

그렇게 나는 2차 가해자가 되었다.

이후로도 많은 비슷한 아이들이 찾아왔다. 아이의 안전과 학대 신고자의 책임을 이유로 결국 보고서를 작성하긴 했지만, 거의 매주 발생하는 의심 사례들은 하나하나 들여다보면 볼수록 총체적인 어려움과 딜레마투성이였기에 나의 말은 더욱 조심스러워졌고 표현은 점점 더 완곡해졌다.

이걸 신고하는 게 맞나. 이 부모가 정말 학대한 게 맞을까.

설사 때렸다고 한들 보통의 양육 범주에서 결코, 절대, 단연코 발생해서는 안 될 악마적 학대라고 볼 수 있나.

이걸 신고하면 그다음은 어떻게 되나. 아이는 뜬금없는 분리를 감당할 수 있을까. 그걸 정말 아이가 원할까. 가족으로부터의 기약 없는 분리가 이 아이에게 과연 우발적 폭력보다 나은 선택일까. 그래서 신고를 미루면, 이 아이의 안전은 내가 담보할 수 있나. 이것은 정말로 우발적인 상황이며 앞으로도 경미할 거라고 누가 보장하나. 아무리 가볍다 한들 이런 상황이 반복되는 건 아이의 삶에 과연 어찌할 수 없는 일인 걸까. 결국 나는 최악을 가정하여 위험을 피하게 해줄 의무를 가진 사람이 아닌가. 끝도 없이 이어지는 고민과 혼란⋯. 그렇게 나는 초라하고 소극적인 신고자가 되었다.

그랬는데, 나의 애써 고른 단어와 조심스러운 표현이 누군가에게는 수사 거부 또는 강제수사 불가의 좋은 핑계가 될 수도 있다는 것을 새로이 알게 되었다.

학대가 의심되어 의학적 경과와 가정환경의 실제를 지켜보기 위해 신경외과로 입원시킨 아이가 있었는데, 응급실에서 학대 여부를 분명하게 결론 내지 않아 수사도 검사도 입원도 강제할 수 없다는 말을 들었다.

　결국 아이는 이틀 만에 자의로 퇴원했고-소아과에서의 자의 퇴원이란 사실상 무용한 말이다. 그것은 보호자의 뜻이고 명백히 타의이므로-전화를 끊으며 나는 허탈함에 말을 잃었다. 아니 그거 확실하게 하자고 신고하고 입원까지 시킨 건데.

　내가 힘주어 말하면 사안에 관계없이 아이들이 분리되고, 내가 완곡하게 표현하면 아이들은 위험 속에 방치된다. 어느 쪽이건 아이들은 나로 인해 두 번 고통받는다. 그걸 내가 결정해주거나 조절할 수도 없다.

　신고하거나 하지 않거나,

　학대 가능성이 있거나 없거나.

　나에게 주어진 선택은 그뿐 중간은 없다.

　나는 오늘 그렇게 또 학대의 방관자 또는 동조자가 되었다.

　아이는 오늘 평안했을까.

　제발 그것이 우리의 오해였기를, 부디 부모가 사랑으로 키워주기를, 두 번 다시 우리를 만나지 않기를 진심으로 빈다.

무지개를 ——————— 위하여

✳　　　　　고기능의 자폐성 장애를 가진 소녀가 훌륭한 변호사로 성장하는 이야기를 따뜻하게 그린 드라마가 있었다. 사람들은 그녀를 이해했고, 안타까워했고, 도와주고 싶어 했다.

　드라마는 큰 인기를 끌었고, 사람들은 자폐성 장애에 큰 관심을 가지기 시작했다. 다만 그동안 영상매체들을 통해 서번트 증후군이나 괴짜 천재 같은 형태로 소비되어온 자폐성 장애의 뻔한 이미지는 현실을 살아가야 하는 많은 자폐인 가족들에게 여전히 불편하게 다가올 수밖에 없었다.

　그러나 한쪽에는 그 드라마로 인해 위로받고 이해받은 또다른 아이들이 있었다.

자폐의 특징이 전형적이지 않고 일상생활이 가능하며 심지어 (일부는) 학업 능력까지 우수한데도 매 순간 수많은 오해와 싸워야 했던 고기능 자폐인들. 그들은 사회적 의사소통 장애와 특유의 감각 과민 증상을 매일 이겨내며, 따로 배려받기는 어려운 상황 속에서 비장애인들과 동등하게 경쟁해야 했다.

아픈 아이들은 보살핌을 받는다. 두 팔과 두 다리 또는 시청각에 장애가 있는 아이들은 배려와 돌봄을 받는다. 한눈에 보일 정도의 불편함을 가진 발달장애인들을 보호하는 최소한의 장치는 사회 곳곳에 마련되어 있다. 그러나 고기능 자폐인과 경중의 발달장애인들은 오히려 보듬어지지 못한 채 사각지대 어딘가에 숨어 있다. 누군가는 그저 불성실하고 의지가 약한 것이라며 한심하게 여기고, 누군가는 감정 조절에 문제가 있는 성격 이상자로 쉽게 낙인을 찍는다. 그들은 때로 높은 지능과 학업적 성취마저 역설적으로 폄하당하고 공격받는 지난한 시간들을 겪어야 했다.

다행히 그들은 이 드라마 속 주인공의 특징적인 말투나 행동을 빌려 조금은 쉽게 새로운 관점으로 이해받을 수 있는 기회를 얻었다. 자신들이 문득 내보이는 비사회적 특성들이 유해하지 않음을 시각적으로 인정받았고, 그 독특한 성향에 익숙해지기만 한다면 오히려 일관성 있고 수월하게 소통할 수 있다는 사실도 전달할 수 있게 되었다. 눈에 잘 보이지 않는 소소한 어려움들이 의외로 자세하게 설명되었고 사람들은 '우영우(주인공의 이름) 같은'이라는 말로 고기능 자폐인들을 납득하고 자못 따뜻한 눈으로 바라봐주었다.

상처받은 아이들과 가족들이 있으니 안타깝고 조심스러운 것도 사실이지만, 위로받으며 기뻐한 아이들과 가족도 분명히 있었기에 나는 그 드라마가 참 고마웠다. 제작진과 연기자들이 오해를 일으키거나 폐를 끼치지 않으려 노력한 티가 역력했고, 그래서인지 드라마는 시종 따뜻하고 호의적인 방향으로 흘러갔다.

소아응급실에 있다 보면 정신과학 책에서 보았던 것과 거의 비슷한 빈도로 발달장애 또는 자폐성 장애 아이들을 만나게 된다. 그중 일부는 전형적인 특징을 띠고 있어 문을 열고 들어오는 모습만 보아도 알아챌 수 있지만, 특유의 행동이나 말투조차 희미해 시간을 두고 관찰하지 않는 한 장애가 있는 것을 알아채기 어려운 아이들도 있다. 진료에 필요한 경우 보호자에게 아이의 발달에 대해 언급하거나 물어보기도 하지만 그 내용이 굳이 필요하지 않다면 때로 눈에 보여도 별말 없이 지나곤 한다.

그런데 멀쩡히 잘 대답하며 앉아 있다가도 갑작스러운 상황이나 내키지 않는 진료 과정에 처했을 때 여느 아이들과 다른 반응을 보이거나 태도가 돌변하는 아이들이 있다. 초등학교 5학년 아이가 귓속을 보는 이경의 찬 금속 재질에 놀라 소리를 지른다거나, 중학생이 1센티미터 남짓한 작은 상처를 부분 마취로 봉합하지 못해 재워달라고 한다거나 하는 식이다. 멀리서 보기에는 응석받이거나 성격이 이상한 아이라고 느낄 수도 있다.

그러나 보호자와 치료자만은 알아주어야 한다. 지금 이 순간 저 아이가 잘해보려고 나름대로 얼마나 애쓰고 있는 건지, 이 불안한 상황에 저 부자연스러운 자세를 유지하고 있는 것이 다른 아이들과 견주었을 때 몇 배의 노력을 더 쏟고 있다는 뜻인지…. 바늘이 피부를 뚫어버리기라도 한 듯 모든 것이 상상되고 느껴지는 과민한 성향에도 불구하고 치료받기를 결심하고 재워달라고 말하기까지 얼마나 큰 용기가 필요했을지 적어도 부모는, 의사는, 간호사는 이해하고 그 마음을 만져주어야 한다.

반대로 누군가의 금쪽같은 자식임에도 불구하고 태어날 때부터 또는 자라면서 생긴 여러 가지 어려움으로 부모마저 양육을 포기하고 싶어지게 만드는 아이들이 예능 프로그램을 통해 소개된다. 일부 사람들은 부모에게 공감하고 전문가의 말을 귀

담아들였지만, 그 내용을 삶으로 직접 겪어보지 않은 많은 사람들은 쉽게 부모에게 돌을 던지고 저런 아이들에게는 매가 약이라며 비수를 꽂았다. 콩 심은 데 콩 나고, 팥 심은 데 팥 나는 법이라고.

그러나 수많은 아이들을 보다 보면 기질이나 발달에 관련한 병리적 문제가 태어날 때부터 동반되어 있는 경우가 종종 관찰된다. 그렇기에 그런 아이들을 키운다는 것은 사람들이 일반적으로 생각하는 것처럼 간단한 일이 아닐 수 있음을 인정하고 배우게 된다.

사정이 어찌 됐건 타인에게 피해를 주는 일이 생기는 것은 맞고 그 일에 대한 책임은 부모가 져야겠지만, 부모의 힘으로 차마 막아낼 수 없는 돌발적인 순간들도 분명 있다. 그때 가장 힘들고 괴로운 것은 아이 자신과 부모, 그 가족이고 아이의 호전을 누구보다 간절히 바라며 노력하는 것 또한 언제나 그들이었다.

자폐성 장애의 정확한 명칭은 '자폐 스펙트럼 장애(Autism Spectrum Disorder, 이하 ASD)'이다. ASD란 '사회적 의사소통 장애를 동반한 전반적 발달 지연'을 뜻하며, 전형적인 자폐성 장애의 경우 사회적 의사소통이 어렵고 거의 모든 영역에서의 발달이 지연된다. 따라서 이들에게는 어떠한 일반적인 관계 형성도 기대하지 못할 것으로 오해하기 쉽다.

그러나 이름에서도 알 수 있듯 자폐 스펙트럼 장애는 하나의 모습으로 단순히 일반화할 수 없다. 여러 농도와 다양한 결의 성향이 각 개인에 따라 극적으로 다양하게 표현되기 때문이다. 모든 인간에게는 자신만의 예민함이, 나름의 폐쇄성이, 기이한 강박이, 그리고 아무에게도 이해받지 못할 특징들이 적어도 하나씩은 어김없이 존재하지 않던가. 그저 그 위치가 1퍼센트인지 99퍼센트인지, 그 결이 빨강인지 보라인지의 차이가 있을 뿐.

무지개 위의 아이들, 그 위로 반짝거리며 부서지는 햇빛 같은 아이들, 때로 빗방울 같고 때로 천둥 같은 아이들. 그들은 모두 나름의 역할로 각자의 때에 나타나 자신만의 하늘을 연다. 그러니 우리가 어렵고 불편하여 이해하거나 받아들이기 힘들다 하더라도 아이들에게는 언제나 더 많은 기회가 주어져야 한다. 성격이 나쁜 게 아니라 애쓰는 중임을, 화를 내는 게 아니라 불안함을 다스리려 노력하는 중임을, 방해하기 위함이 아니라 함께 지내고 싶은 마음임을 한 번만 생각해준다면 그들이 위기의 순간을 만났을 때 조금은 수월하게 성장할 수 있지 않을까.

어려운 아이는 언제나 존재하지만 포기해도 되는 아이는 어디에도 존재하지 않는다. 우리 사회의 너그러움이, 너를 너로 담담히 바라봐주는 배려가 우리가 가진 각자의 특별함에도 반드시 돌아와 서로를 위로하고 따뜻하게 안아줄 것을 믿는다.

결정적 —————— 장면

＊　　　　　　학원 셔틀버스를 타고 집으로 오는 길에 갑
자기 머리가 너무 아프다고 전화가 왔어요. 그런데… 엄마 지금
바빠서 통화하기 어려우니까 잠시만 끊어보라고 했어요. 금방
다시 전화하겠다고…. 그리고… 선생님한테 전화가 왔어요.

　몇 달 전 다른 엄마도 비슷한 이야기를 했다.

　저녁을 차리고 있는데 몇 번을 불러도 안 오길래 돌아봤더니
거실 가운데 서서 멍하니 "엄마…." 하더라고요. 그래서 제가 왜
빨리 안 오냐고 소리를 빽 질렀어요. 그런데… 그 순간 아이가
선 채로 옆으로 넘어졌어요….

　그것이 아이가 들은 엄마의 마지막 목소리였다고, 그러니 아

이는 어떻게든 다시 눈을 뜨고 못다 한 이야기를 마저 해야 한다고, 자신이 정말 하려던 이야기를 들려주어야 한다고 나를 붙잡고 온몸으로 말했다.

어떤 날은 희망을 말하고 또 어떤 날은 침묵해야 하는 나는 이 순간이 그녀들에게 또 어떤 결정적 장면으로 남을지 몰라 애써 말을 고르고, 사진으로 상황을 이해시키며 눈물을 숨긴다.

인생에는 마치 사진으로 찍어 박제한 듯한 장면들이 있다.

나에게도 그런 장면이 있다.

나의 '결정적 장면'들에는 스스로를 힘껏 안아주는 위로가, 정수리 위에서 불꽃놀이가 벌어지는 듯한 환희가, 무지개 같은 기쁨이, 파도 같은 성취가 있어야 하며 어떤 일을 겪든 나는 그런 긍정의 이미지들만 남겨야 한다는 강박을 안고 오랜 시간을 살아왔다. 그렇게 내가 주인공인 삶을 살다가 때로 남편이나 아이들로 주인공이 바뀌었던 때를 문득 돌아보았다. 그 장면들은 내가 일부러 상처 입혔거나 무심하여 미처 다 헤아려주지 못한 후회의 순간들이 대부분이었다.

그러지 말걸, 한 번 더 참을걸, 더 곱게 말할 수 있었는데…. 깊숙이 사랑하는 상대일수록 후회는 진하고, 놓쳐버린 기회는 속수무책으로 치명적이다. 그러므로 나는 수치와 회한의 순간을 기억해야 하고 내가 사랑하는 자들에 대해 감히 오만하지 말아야 한다.

다음 순간에도 그들이 곁에 있는 것이 당연하지 않다. 기회는 영원히 다시 주어지지 않을 수도 있다. 그러므로 나는 우리의 결정적 순간들을 무한히 모으고 고통을 기억하기로 한다.

매일매일을 후회 없이 살아내기 위하여,
우리에게 진정 결정적 순간은 부디 찾아오지 않기를 바라며.

오늘도 배운다 ─────── 삶 자체가 기적이라는 걸

*　　　　　　　　산이 높아야 골이 깊다는 말이 있다. 본래
는 품은 뜻이 높아야 생각이 깊다는 말이지만, 큰 기쁨에는 그
만큼의 고통이, 혹은 얻는 바가 있으면 잃는 것 또한 있다는 뜻
으로 사용되기도 한다. 그렇다면 높은 산 아래 깊은 골이 생기
듯 어두운 구렁 사이에는 환희의 봉우리도 있게 마련일 테지.
높은 산과 깊은 골, 우리의 인생은 모두 공평하게 지평선을 향
해 간다.

　햇살이 쏟아지는 아침 혹은 선선한 바람이 귓가를 간질이는
저녁을 떠올려보자. 그리고 아무라도 좋으니 어린아이 한 명이

있다고 상상해보자. 1미터가 채 되지 않는 키에 기저귀 찬 엉덩이를 뒤뚱거리며 비눗방울을 쫓아다니다 방울이 터지는 모습에 꺄르륵 웃음을 터뜨리는 아이. 또 다른 아이를 떠올려보자. 어른들이 생각지도 못할 기상천외한 표현과 발음으로 온갖 질문을 쏟아내며 집안 이 구석 저 구석을 헤집고 다닌다. 신이 나는 날에는 갑티슈 속 휴지를 다 뽑아내고 온 벽에 알록달록 낙서도 그려 넣을 것이다.

좀 더 큰 아이들은 어떤가. 잔소리라도 할라치면 짐짓 어른이라도 된 듯 젠체하며 퉁명스럽게 대답을 내뱉지만 편의점 앞에 모여 앉아 웃고 떠드는 뒷모습과 표정은 영락없는 아이들의 그것, 모두 다 사랑스럽기 그지없는 장면들이다.

그렇다. 아이들의 눈은 모든 순간 반짝거리고 얼굴에는 발그레한 홍조가 머물며 두 팔과 두 다리에는 언제나 힘이 넘쳐야 한다. 그것이 우리의 상상과 기대에 합당하다.

그러나 세상에는 쉽게 떠올리기 어려운 모습의 아이들도 있다. 학교 혹은 놀이터, 키즈카페나 편의점 앞 벤치에 나타나지 않으니 보통 사람들이 미처 상상조차 하기 어려운 아이들. 그리고 그 곁에는 언제나 그들을 돌보는 부모가 있다.

밤 10시, 돌이 갓 지난 아이가 응급실로 들어왔다. 나이로 치자면 이제 막 잡고 걷기 시작해야 할 때지만 아이는 침대에 가만 누운 채였다. 보통은 포동포동하게 살이 올라 손목이 접히고 마시멜로 같은 보드라운 뺨이 사랑스러울 시기지만, 고요히 누운 아이의 두 팔과 두 다리는 마른 막대처럼 가늘었고 피부 또한 얇았다. 태어난 직후 어떠한 이유로 뇌병변장애를 진단받았고, 정도가 심해 운동 능력은 앞으로도 획득하기 어려울 거라고 한다. 24시간을 누워 지내고 음식을 씹어 삼킬 수도 없으니 수유는 콧줄을 활용해야 했다. 한쪽 콧구멍에 딱딱한 관을 오래 거치해두면 연한 점막과 상처에 궤양이 생기기 때문에 3주마다 콧줄을 교체하는데, 오늘은 콧줄의 어느 부분이 새는 것 같아 확인을 하러 왔다고 한다.

뇌병변장애를 앓고 있는 아이들이 흔히 그렇듯, 몸에 비해 유난히 커 보이는 동글납작한 얼굴이었다. 정갈한 매무새에 깨끗하고 윤이 나는 피부 등 보호자가 대단히 신경을 쓰며 키우는 티가 역력했지만, 오랜 콧줄 생활로 군데군데 벗겨지고 쓸린 뺨의 상처는 감추어지지 않았다. 누워 지내는 아이였지만 짧은 머리카락은 단정했고, 엄마는 능숙하게 아이를 들고 머리를 받치며 간호사들을 도왔다. 아이가 가래로 켁켁거리면 엄마는 아이구, 하며 즉시 등을 받쳐 토닥여주었다. 꺾인 부분에서 분유가 새어나오는 것이 확인되어 새 콧줄로 교체를 해야 했는데 교체하는 동안 우는 아이의 손을 꼭 잡아주는 것도 엄마였다. 모든 과정이 끝난 뒤, 아이가 작게 재채기하며 눈을 깜박거리자 엄마는 대단한 애교라도 본 듯 다시 한 번 아이구, 하며 아이의 머리를 쓰다듬고 함박웃음을 지어 보였다.

소아응급실은 급성기 질환을 가진 아이들이 주로 오는 곳이다. 그들은 대부분 이전까지 건강하였으므로 두어 시간째 오르는 열이나 한 손으로 세어도 남을 몇 번의 구토에도 부모 마음은 '타 들어간다' 혹은 '미어진다'. 그러니 보통의 부모에게는 더 긴 이야기를 상상할 겨를이 없다. 아이 병은 부모의 고통이고, 그 틈에는 불안과 걱정 외에 다른 어떤 좋은 것이 자리할 수 없다. 질병은 당장 해결해야 할 일이고, 마법처럼 즉시 호전될 것을 기대한다. 당장 아픈 것은 나쁜 일이고, 당장 기쁜 것은 좋은 일이다.

그러나 아주 다른 관점으로 병을 다루어야 하는 가족들이 있다. 폐가 다 자라지 못한 채 태어나 산소에 의존해 지내는 아이들이 종종 응급실로 온다. 감기가 유행하는 계절이면 열이 나요, 기침이 심해요, 하며 걸어 들어오는 여느 아이들과 다르게 대개는 시시각각 나빠지는 호흡과 혈색으로 응급처치를 요하는 아이들이다. 원인을 알 수 없는 경련이 하루에도 몇 번씩 반복되다 보니 매번 병원을 찾을 수조차 없어 정말로 경련이 멈추지 않고 호흡이 방해받을 정도가 되어서야 뒤늦게 119에 실려오는 아이들, 소화기관이 제대로 생성되지 못했거나 큰병을 앓아 콧줄이나 배에 연결한 관으로 평생 음식을 먹어야 하는 아이들도 생각보다 많다. 멀쩡히 학교에 다니던 아이가 질병이나 사고로 큰 손상을 입어 평생을 누워 지내게 된 경우도 드물지 않게 본다. 눈에 보이는 증상의 뇌병변장애는 물론 눈에 보이지 않는 발달장애나 정서장애도 어렵기는 마찬가지, 부모조차 돌봄을 감당하기가 버거운 중복 장애 아동들은 말할 것도 없다.

그러니 오래 앓은 아이를 둔 부모들의 타임라인은 그 누구보다 길다. 그들이 고민하는 시간은 아이의 아침과 저녁, 밤이 아니다. 아이가 태어나기 전, 혹은 태어나 아프기까지 무엇이 문제였을지 잊을 만하면 새롭게 떠올리며 고민한다. 아이의 오늘이 어제 혹은 내일과 어떻게 연결될지도 수없이 반복되는 경험으로 배우고 지켜본다. 기나긴 재활의 과정은 하루 이틀로 결판날 수 없다는 것도 안다. 아이가 걷는 것을 돌에 경험할 수 없고, 아이와의 대화를 두 돌에 기대할 수 없다. 정상의 기준이 된다는 모든 지표들은 반드시 내 아이를 비껴가며 세상의 속도는 하필 내 아이의 그것과 언제나 다르다. 어느 누구의 말도 어떤 책의 조언도 크게 도움 되지 않는 시간을 그들은 수없이 겪어왔다. 그리고 그들의 미래는 자신이 세상을 떠난 뒤에도 지속된다. 내가 자식보다 먼저 떠나는 장면을 수없이 상상하며, 내 아이가 홀로 세상에 남을 때를 어떻게 대비해야 할지 먼 미래를 더듬어 고민한다. 그러니 타인이나 세상의 이해를 구하지도 않는다. 담담히 자신에게 주어진 삶을 하루하루 살아갈 뿐.

이 아이들의 모습은 종종 텔레비전 속 후원계좌와 함께 광고처럼 연출되거나 때로 다큐멘터리 속 눈물샘을 자극하는 신파로 쉽게 소비된다. 평범한 일상을 살아가는 사람들은 그들을 직접 만날 일이 거의 없고, 그러므로 그들과 인격적인 대화를 나눌 기회도 사실상 전무하다. 그러니 오해가 생긴다. 그들은 불행할 거라고, 삶이 고단할 거라고. 저런 자식이라면 없는 편이 낫지 않느냐는 모진 소리를 죄책감 없이 던지기까지 한다. 마치 그들이 행복을 찾는 일은 가당치도 않고 그래서도 안 된다는 것처럼. 부끄럽지만, 오래 전의 나 또한 다르지 않았다. 평생을 침대에서 지내야 하는 아이와 그 곁을 한시도 떠날 수 없는 부모들을 보며 그 삶에 무슨 기쁨이 있을까, 함부로 고약한 마음을 품은 적도 있음을 고백한다.

그러나 아이의 재채기 한 번, 내내 헤매던 아이의 눈동자가 초점을 부여잡는 순간의 짧은 눈맞춤, 다른 사람은 알아채기 힘든 미묘한 차이의 옹알이에 온몸으로 기쁨을 드러내는 부모를 보며 그런 생각이 얼마나 주제넘고 못난 것이었는지 깨달았다. 나는 화살에라도 쏘인 듯 스스로를 아프게 책망했다. 보통의 육아가 바닷물에 발을 담그고 산을 오르는 것이라면 그들의 육아는 바닷속으로 가라앉았다 천국까지 이르기를 반복하는 일이었다. 그들이 감당하고 있는 간병의 지난함을 감히 이해한다 할 수 없듯, 그들이 누리는 기쁨과 행복의 양 또한 감히 적다고 말할 자격이 내겐 없었다.

"아이가 포기하지 않았으니까요."

전공의 3년차였던 어느 가을, 소아중환자실의 보호자가 나에게 건넨 말이다. 그 말은 나의 인생을 바꾸었다. 타인의 삶에 대하여 그 의미와 무게를 짧은 생각과 쉬운 말로 가볍게 재단하는 것은 가소로우리만치 오만하고 미숙한 태도였음을 나는 마음 깊이 반성했다.

아이의 삶이 하루하루 이어지는 것은 그 자체로 기적이다. 서로의 육체와 정신을 단단한 끈으로 동여매고 출렁이는 생명의 배 위에서 함께 일상을 살아가는 일은 그들만의 위대한 항해다. 그러므로 우리는 그들의 정성과, 매 순간의 헌신과, 그 사이 사금처럼 반짝이는 환희가 얼마나 아름답고 가치 있는 것인지 저 강인한 가족들로부터 배워야 한다.

포기하지 않는 삶의 수호자, 이 세상 그 누구보다 용감하고 행복한 우리의 영웅들께 감사와 존경을 보낸다.

에
필
로
그

✳   15년 전, 처음 소아청소년과 의사가 되어야 겠다고 생각했던 것은 아이들의 반짝이는 눈동자와 보송한 뺨, 보드랍게 흔들리는 머리카락과 말랑한 발바닥 때문이었습니다. 아이들은 고맙게도 저를 좋아해주었고, 저는 아이들과 함께 있 는 것이 행복했어요. 마치 아이와 나, 단둘만이 커다란 비눗방 울 속에 있는 것만 같았습니다. 무지개가 일렁이는 비눗방울 속 에서 어른들의 언어가 아닌 우리만의 눈빛과 몸짓으로 몰래 소 통하며 아이들의 이야기를 하나씩 마음에 담는 모든 순간이 너 무나 즐겁고 사랑스러웠습니다.

　소아응급실로 일터를 옮긴 뒤 가장 아쉬운 것은 바로 그런 장면들이었습니다. 가만히 앉아 긴 이야기를 나누거나 곤히 잠든 아이들을 바라보기에 응급실은 너무 바쁜 곳이었거든요. 저와 아이들 사이에는 비눗방울 같은 고요 대신 소나기 같은 말과 바람 같은 움직임만이 남았습니다. 상태가 호전된 아이들은 집으로 돌아갔고, 좀 더 지켜보고 싶은 아이들은 입원실로 떠났지요. 다행스럽지만, 남은 의사로서는 어쩐지 조금 아쉬운 나날들이기도 했습니다.

이 책에는 제가 머물고 살아가는 응급실의 이야기를 담았습니다. 좀 더 나은 의사가 되기 위해 날마다 고민하고 끊임없이 부딪히며 애쓰지만 오늘도 여전히 비슷한 후회를 반복하곤 합니다.

이 글을 읽어주신 여러분 또한 가정에서 직장에서 또 학교와 공동체에서 각자의 소중한 가치를 위해 매일 고민하고 계시리라 생각합니다. 굳이 드러내지 않아도, 아무도 영원히 눈치채지 못할지라도 삶 가운데 오직 타인을 위해 진심인 순간들, 잘하는 일을 계속 잘 해내고 싶은 자존심과 열정이 내 안에 살아 있는 것처럼 다른 이들에게도 그러하리라는 조용한 신뢰가 우리 사이에 오고 갈 때 이 세상은 오늘보다 내일 더 아름다운 곳이 되리라 믿습니다.

그러므로 이 책은 이제 저의 다짐이 됩니다. 내 존재의 이유가 아이들의 뒷모습을 보는 것이라면, 오래 볼 시간이 없고 오해를 풀 시간조차 없는 찰나 같은 만남만이 내게 주어진 전부라면 내가 움직여야 할 모든 순간에 진심을 다하고 집중해야 할 거라는.

비눗방울은 하늘 위로 날아올라 금세 사라지고 말지만 숨을 머금고 부풀어오른 그 순간만큼은 온 세상을 담고 있지요. 그렇게, 스쳐가는 만남일지라도 의료의 본질만은 충분히 담을 수 있기를, 그 마음이 이 책을 통해 잘 전해지기를 소망합니다.

망설이는 제게 용기를 주시고 출간을 제안해주시고 끝까지 기도로 함께해주신 오늘산책 유윤희 대표님, 부족한 글에 공감해주시고 계속 쓸 수 있도록 격려해주신 페이스북의 친구분들께 감사드립니다. 그분들이 아니었다면 이 책은 나오지 못했을 것입니다. 언제나 열정과 진심으로 나를 채찍질하고 또 위로해주는 제 곁의 오랜 친구들께 마음 깊이 애정과 감사를 보냅니다. 그분들 덕분에 때때로 들려오는 날선 말과 위험한 일상 가운데서도 다시 한 번 힘을 낼 수 있었습니다.

이 책은 저의 이야기이기도 하지만 부족한 저를 가르쳐주시고 한 사람의 의사로 살아갈 수 있도록 도와주신 저의 은사님들, 이 순간에도 눈앞의 환자에게 묵묵히 최선을 다하고 있는 나의 의사 동료들, 특히 어려운 시절을 함께 버텨주고 있는 소아청소년과와 응급의학과 선생님들, 이야기 속의 모든 밤과 낮을 함께 해준 우리 소아응급센터의 교수님들과 간호사 동료분들의 이야기이기도 합니다. 존경을 담아, 감사를 전합니다.

특히 제 인생의 가장 좋은 선생님이자 저의 꿈과 소망이 되어주는 내 사랑스러운 환자들, 그리고 세상의 귀한 해들을 키우시느라 오늘도 전심으로 고군분투 중이신 세상의 모든 부모님들께 무한한 감사와 응원을 전합니다.

저의 졸작이 서로에게 작은 이해와 위로의 씨앗이 될 수 있기를 기도합니다.

부족한 딸, 며느리에게 항상 든든한 버팀목이 되어주시는 부모님, 나의 가장 좋은 친구이자 최고의 지원군인 고마운 남편, 내 삶의 햇살이자 무지개인 사랑하는 우리 아이들, 그리고 세상의 수많은 어린 생명과 함께하는 축복된 삶을 허락하신 하나님께 이 책을 바칩니다.

우리는 다시 먼바다로 나갈 수 있을까

펴낸날 초판 1쇄 발행 2023년 11월 30일
　　　　초판 3쇄 발행 2024년 4월 20일

지은이 이주영
펴낸이 유윤희
편　집 신현신, 변은숙
마케팅 모티브, 진수지
디자인 행복한물고기
제　작 제이오
펴낸곳 오늘산책

출판등록 2017년 7월 6일(제 2017-000141호)
주　소 서울 종로구 종로 227-5, 2층
전　화 02.588.5369 | 010.7748.5369
팩　스 02.6442.5392
이메일 oneul71@naver.com
　　　　yuyunhee@naver.com
ISBN 979-11-965830-7-1 03800